尋謎吳哥窟

圖說柬埔寨文明

李元君　主編
顧佳贇　著述
連　旭　攝影

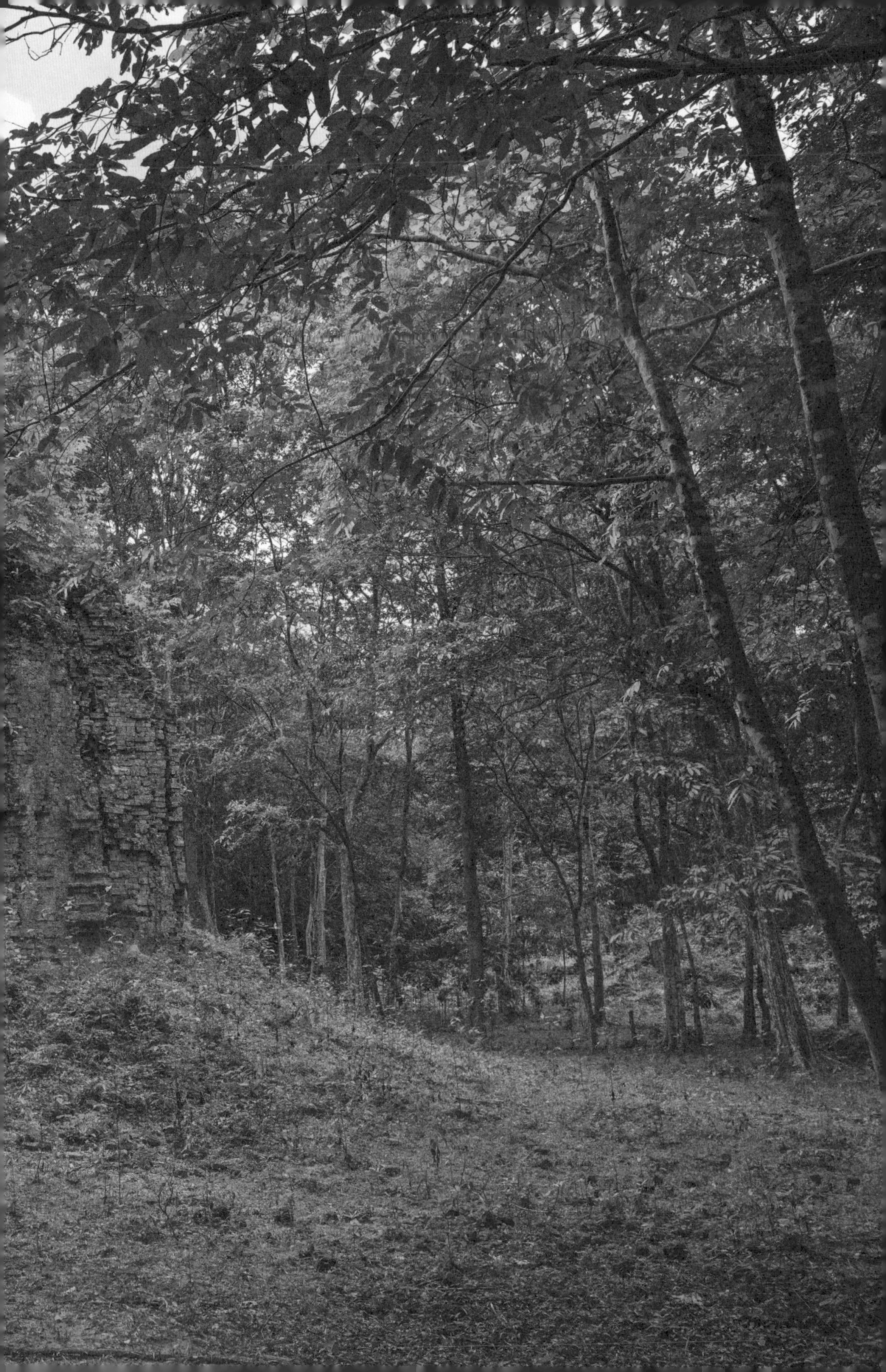

目錄

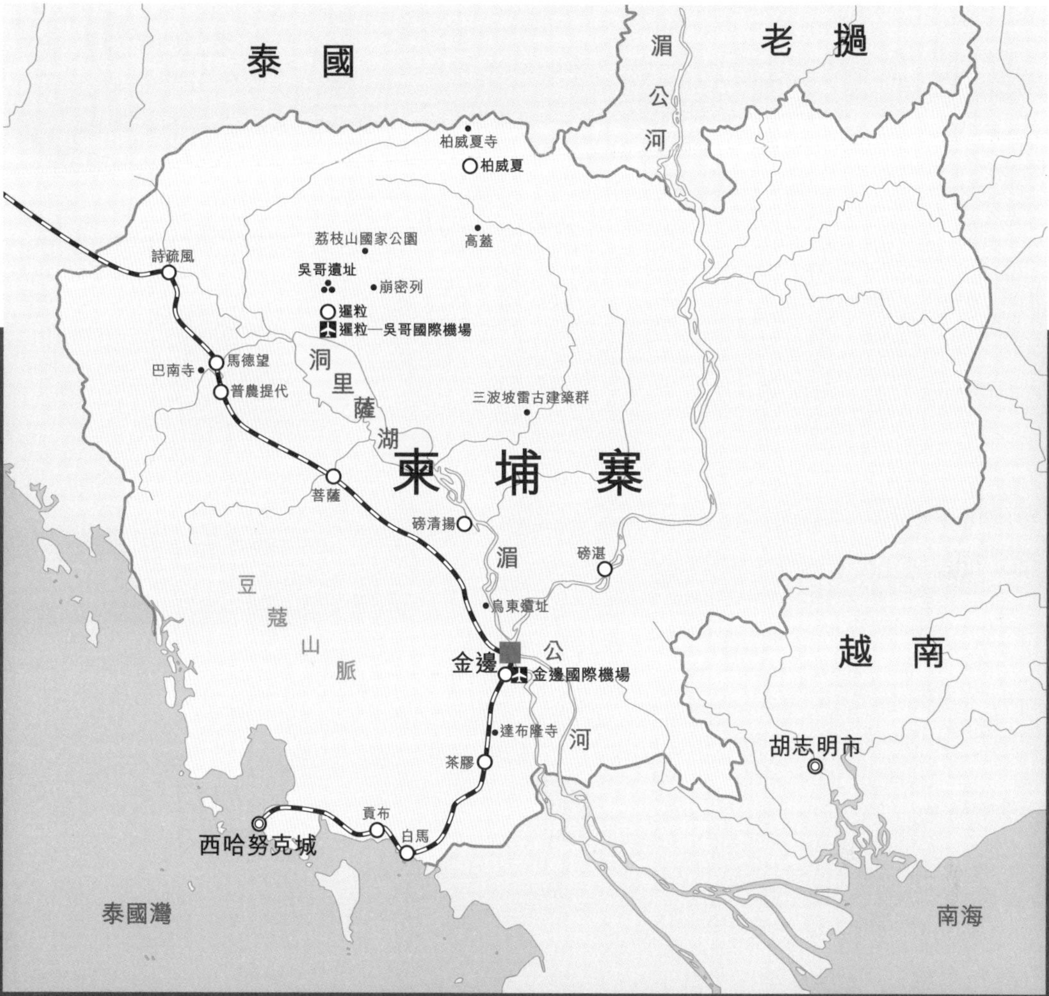

東埔寨王國，古稱高棉，坐落於中南半島，
東北部與老撾接壤，東部及東南部與越南為鄰，
西部及西北部與泰國交界，南部面對暹羅灣，
是古代海上絲綢之路上的重要國家。

古高棉文明與水結下不解之緣
發端於「一河一湖」，即湄公河與洞里薩湖

引言 絲綢之路與高棉文明

柬埔寨王國，古稱高棉，坐落於中南半島，東北部與老撾接壤，東部及東南部與越南為鄰，西部及西北部與泰國交界，南部面對暹羅灣，是古代海上絲綢之路上的重要國家，擁有着璀璨的文明。

絲綢之路的形成無疑是全世界各大歷史文明相互協作的偉大成就。雖然很多曾經在絲綢之路上活躍一時的文明如今已經消逝在歷史的長河中，它們的蹤跡或被卷宗塵封，或消失得無影無蹤，但是，有一些文明在歷史的融合與裂變當中倖存下來，延續至今。它們是絲綢之路在時間和空間意義上的重要節點，為全球化商貿的往來和文明的交互提供了優良的平台。高棉文明就是其中之一。高棉古國是古代南海絲綢之路上重要的港口國家，也是東南亞最古老的王權社會。高棉文明與中印兩大文明有着密切的聯繫，來自印度的宗教和王權觀念被借鑒，構建起古高棉王國的統治制度。而在與中國的交往當中，高棉古國在商貿、政治、宗教和文化等領域獲得了巨大的收益，一度成為中南半島政治、宗教和文化的中心。中國的古籍中對高棉古國有着大量的記載：《後漢書・南蠻傳》裏稱其為「究不事」，《元史》中稱其為「干不昔」和「甘不察」。在著名的風物誌《真臘風土記》當中，高棉王國又被稱為「甘孛智」，而今天的「柬埔寨」其名則是從明朝萬曆年間起被廣泛沿用至今。

古代的絲綢之路起源於公元前二世紀中葉，是漢朝張騫出使西域行走的路線。這條陸路商道從長安（今西安）出發，貫通古代中亞、西亞各國，直達地中海，是一條華夏文明與世界文明貢舶互市的貿易之路。出於同樣的貿易需要，一條連通南海古國，直達印度的海上商道也在當時初顯規模。《漢書・地理志》中詳細記載着這條古代海上商道的往返行程：「自日南障塞、徐聞、合浦船行可五月，有都元國；又船行可四月，有邑盧沒國；又船行可二十餘日，有諶離國；步行可十餘日，有夫甘都盧國。自夫甘都盧國船行可二月餘，有黃支國，民俗略與珠崖相類……自黃支船行可八月，到皮宗；船行可二月，到日南、象林界云。黃支之南，有已程不國，漢之譯使自此還矣。」通過對路線進行還原，不難發現，商道的起點在中國廣東、廣西或越南中部港口，終點在印度東南部。這條海上絲綢之路不僅連通了中國、東南亞和印度，更通過印度商人一直延伸至希臘、羅馬的大小城邦和整個歐洲。

數千年來，陸路和海路商道已經將歐亞兩大板塊緊密地聯繫在一起。往返於商道上的除了商人，還出現了大量教士、僧侶和冒險家。商道用於經營貿易的傳統職能逐漸被賦予傳播文明文化的新內涵。在商道上，文明與文明的交融、碰撞為歷史留下了數量龐大的文物和多語種的資料，同時構建起商道上獨特的歷史記憶。

近代以來，在中外學者深入研究之下，絲綢這一海陸商道上頗為搶手的商品逐漸成為用以描述商道特徵的文化符號，「絲綢之路」這個概念便應運而生。十九世紀後期，德國地理學

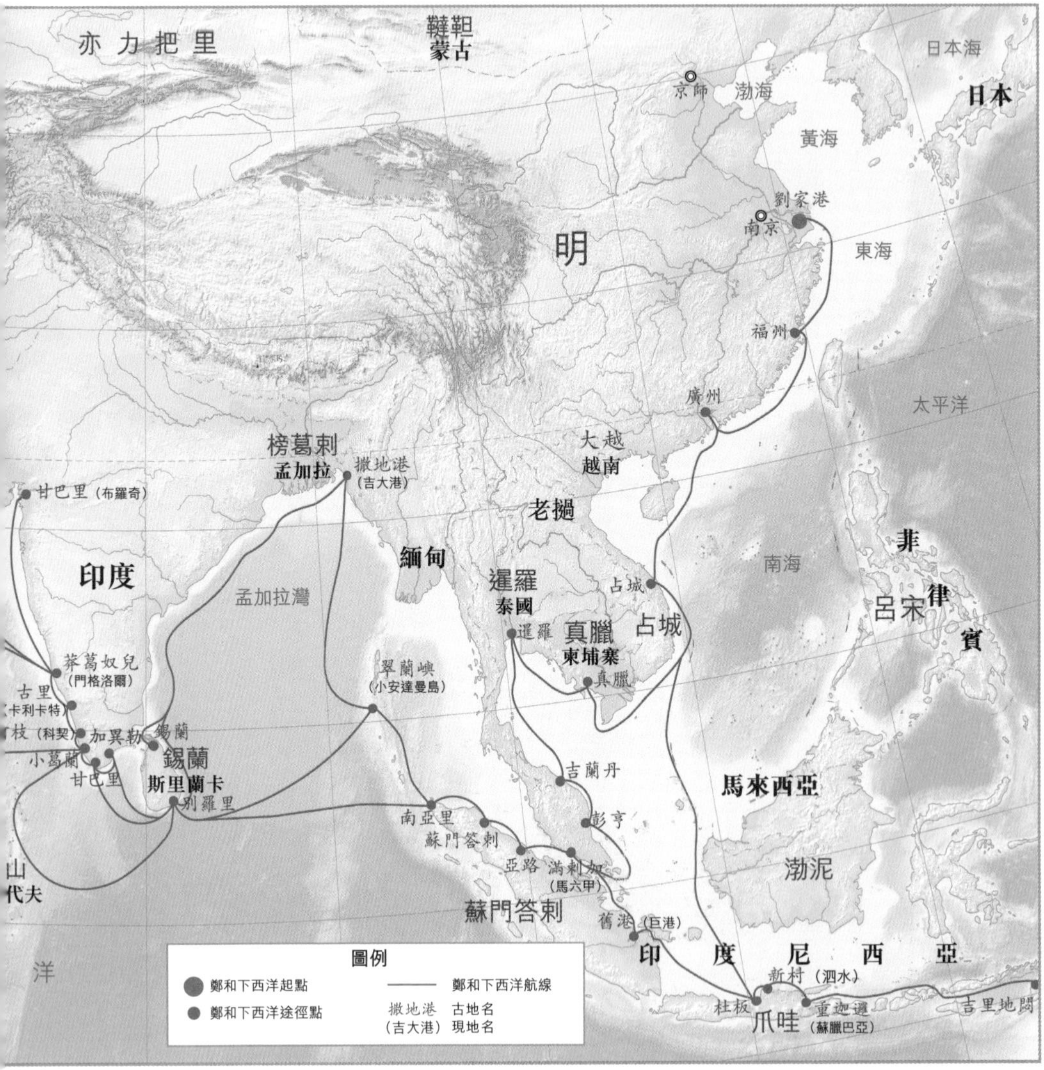
亦力把里
韃靼
蒙古
日本海
京師
渤海
日本
黃海
劉家港
南京
東海
明
福州
廣州
太平洋
大越
越南
榜葛剌
孟加拉
撒地港
（吉大港）
甘巴里（布羅奇）
老撾
緬甸
非
律
賓
南海
印度
孟加拉灣
暹羅
泰國
占城
呂宋
暹羅
真臘
東埔寨
占城
翠蘭嶼
（小安達曼島）
真臘
柯枝（科契）
古里
（卡利卡特）
加異勒
錫蘭
小葛蘭
錫蘭
甘巴里
斯里蘭卡
別羅里
吉蘭丹
馬來西亞
彭亨
南巫里
蘇門答剌
亞路
滿剌加
（馬六甲）
渤泥
蘇門答剌
舊港（巨港）
印度尼西亞
新村（泗水）
杜板
爪哇
重迦邏
（蘇臘巴亞）
吉里地悶
山
代夫
洋
圖例
鄭和下西洋起點
鄭和下西洋途徑點
鄭和下西洋航線
撒地港 古地名
（吉大港） 現地名

家、地質學家李希霍芬將張騫出使西域的古道命名為「絲綢之路」。二十世紀初，法國漢學家沙畹明確提出「絲路有海、陸兩道」。中國學者季羨林在二十世紀五十年代通過研究蠶絲輸入印度的歷史，又將這條「橫亙歐亞的『絲道』」繼續細分，提出了南海道、西域道、西藏道、緬甸道和安南道五道。自此，時間上橫亙千年，空間上分立南北、連通東西的絲綢之路便比較完整地呈現出來。時至今日，絲綢之路已經成為沿途和周邊所有文明體歷史記憶和文化內涵的最大載體。這些由絲綢之路貫穿的文明個體既是獨立的，又與周邊貫通，既是富有個性的，又承載着他邦文明的影響。

壹

湄公河孕育的高棉文明

史前文明——公元紀年伊始

1876 年，法國人羅克在柬埔寨磅清揚省發掘了三隆森遺址，邁出了探尋東南亞史前文明的第一步。據柬埔寨當代學者米歇爾·特拉內特的統計，截至 2010 年，柬埔寨境內發掘的考古遺址已達三十七處，最早的甚至可以追溯到數十萬年以前。然而，高棉文明究竟從何起源？這尚是一個待解之謎。

1. 民族緣起和美麗傳說

高棉，英文寫作「Khmer」，中國史書最早稱為「吉蔑」「閣茂」等。高棉族是柬埔寨的主體民族，是古老的東南亞人類種族之一。正如兩河流域孕育了蘇美爾文明、黃河流域產生了中原文化一樣，高棉文明也與水結下了不解之緣。古高棉文明發端於「一河一湖」。「一河」是指湄公河。這條發源於中國，全長 4,860 千米的河流是東南亞最長的河流。湄公河的上游是中國的瀾滄江。河水從中國境內向南，經緬甸、老撾、泰國、柬埔寨和越南，在湄公河三角洲匯入南海。湄公河三角洲是古代城市和集散港口雲集的地方，是扶南時期（一世紀至七世紀中葉）高棉王權的一個重要組成部份。「一湖」是指洞里薩湖。這座淡水湖位於柬埔寨中西部，通過洞里薩河與湄公河相連，形成一個天然的蓄水池。雨季時，洞里薩河河水暴漲，倒灌入湖。湖水積蓄，分擔了周圍和下游地區的水量，使得洪水災害得以緩解。此時洞里薩湖湖面面積超過一萬平方千米。到了旱季，洞里薩河的水位下降，洞里薩湖水向外流出，補充進湄公河及其支流，灌溉下游地區農作物。十三世紀末，中國元朝使者周達觀曾行船入湖，廣袤的湖面令他記憶深刻。於是，他在所著的《真臘風土記》中將洞里薩湖稱作「淡洋」，意為淡水海洋。

關於高棉民族的緣起，目前主流觀點有兩種。一種認為高棉民族是遷徙而至的外族，另一種則認為高棉民族是土生土長的土著。一部份持「外來民族」觀的人認為高棉祖先來自古印度，是生活在古印度南部格梅魯國的居民。公元前 343 年以後，他們逐漸由西向東，遷徙

洞里薩湖畔

至東南亞，在那裏傳播本邦文明文化。隨着歷史的發展，「格梅魯」這個既代表國家又代表民族的稱呼漸漸發生了讀音上的變化，成為今天的「高棉」。隨後，高棉人與爪哇人通婚融合，組成了今天的高棉民族。還有的學者認為，高棉人屬於崑崙人，從中國雲南遷居的吉蔑人就是柬埔寨土地的主人。但是，在他們到來之前，這裏已經有人居住，這些人或是土著，或是外徙而來，只不過比吉蔑人更早些罷了。

外來民族説主要由中國和歐美學者提出，而柬埔寨學者則更傾向於本土民族説。他們認為高棉民族源自東南亞本土民族——孟高棉族。孟高棉人是美拉尼西亞人和印度尼西亞人的混血人種，生活在南海沿岸到印度之間的廣闊地帶。經過對比頭顱結構和平均身高等科學數據後不難發現，高棉人的頭顱結構和平均身高更接近美拉尼西亞人和印度尼西亞人，而不是印度的雅利安人和達羅毗茶人。據此可知，高棉人是東南亞的古老土著，區別於印度人種。柬埔寨歷史學家德朗耶（1937—1975）認為：「拿高棉古代神話『憍陳如（亦稱混填）和那伽龍女的故事』來說，是先有高棉龍女，後有印度婆羅門憍陳如。憍陳如與龍女結合後，孕育了如今的高棉民族。」

在柬埔寨，女性的地位是比較高的。古代高棉女性主要通過佔有土地來維繫自身的地位。男人只有娶得一位繼承自家土地的貴族女孩，才能夠獲得這片土地的統治權。在高棉語中，「女性」與「首領」是同一個詞——Me。諸如「鄉長」「縣長」「工頭」「班長」「隊長」等表示首領含義的詞彙都會冠以「Me」為前綴。這種特殊的現象與高棉民族起源的神話傳說「憍陳如和那伽龍女的故事」有着密切聯繫。

傳說憍陳如的前世是一隻生活在特洛格島，佛緣匪淺的蜥蜴，因潛心向佛而受佛祖賜齋之恩。佛祖預言，牠將轉世為人，成為特洛格島的主人。佛曆610年或620年（約一世紀後半葉），一位占婆王侵佔了特洛格島。此時，蜥蜴已經轉世成為孟人國王憍陳如，由於政見不合，憍陳如不得不率領一百名兵士流亡國外。後來，他回到特洛格島尋求占婆王的庇護，占婆王接納了他。隨着時間的推移，兩人之間產生了抵牾。不久，憍陳如設下計策驅逐了占婆王，成為特洛格島新的統治者。一日，憍陳如率眾在水邊遊玩，突遇潮水湧漲。潮水阻斷了道路，他只得在空地上休息，等待潮退。此時，主宰這片水域的那伽龍王之女從龍宮來到人間遊玩，邂逅了憍陳如。兩人暗生情愫。憍陳如向龍女求婚，龍女回贈一顆檳榔作為定情信物。回到龍宮後，龍女將憍陳如求婚之事稟告那伽龍王。龍王同意了婚事，派遣部眾前往人間，施法退水，為女兒和憍陳如準備了一大片陸地，以利統治。部眾們還為這對夫妻修建了美麗的宮苑。憍陳如和龍女如期在這片陸地上舉行了婚禮。之後，龍王邀請憍陳如率部眾前往水下龍宮再舉行一次婚禮，好讓水族部眾都能夠認識這位乘龍快婿。然而，憍陳如自知肉體凡胎，在水下難以生存，非常憂愁。龍女安慰憍陳如，只要他下水時牽住她的衣帶，其他人牽住憍陳如的衣帶，如此接續，就可以順利地進入龍宮。於是，憍陳如率部眾依照此法順利進入龍宮，完成了婚禮慶典。

中國的古籍中也記載了類似的故事。《梁書・諸夷列傳》載：「（扶南）以女人為王，號曰柳葉。年少壯健，有似男子。其南有徼國，有事鬼神者字混填，夢神賜之弓，乘賈人舶入海。混填晨起即詣廟，於神樹下得弓，便依夢乘船入海，遂入扶南外邑。柳葉人眾見舶至，欲取之，混填即張弓射其舶，穿度一面，矢及侍者，柳葉大懼，舉眾降混填。混填乃教柳葉穿布貫頭，形不復露，遂治其國，納柳葉為妻，生子分王七邑。」

柬埔寨版本和中國版本的高棉民族起源傳説都源自一塊 658 年立的石碑記載。在石碑的碑文上清晰地描述了一位本土的女性族長「蘇摩」的傳奇故事。「龍女」和「柳葉」都是「蘇摩」的化身。無論是從傳説，還是從碑文裏都不難發現，蘇摩，抑或是龍女、柳葉，都是這片土地最早的擁有者和管理者。而憍陳如既是外來者，又在出現的時間上晚於女性領主。因此，傳説和碑文在傳遞着同一個信息：女性是高棉土地的主人，女性的地位在這裏自古就比較高。

如今，這則美麗的愛情故事已經深深融入高棉的文化，並集中體現在婚俗當中。首先，柬埔寨人舉行婚禮的地方要在女方的家中。其次，在舉辦婚禮儀式的過程中，新娘儼然扮演着龍女化身的角色，是土地的女主人。而新郎則是憍陳如的化身，是一位外來的國王。新娘會依照故事情節，象徵性地贈送一顆檳榔給新郎作為定情信物。而新郎則會牽着新娘的衣帶，跟隨新娘步入洞房，重現憍陳如手牽龍女的衣帶走進龍宮的橋段。

2. 遠古文化和青銅鼓信仰

柬埔寨年代最為久遠的古代遺址位於上丁省和桔井省的交界處。1963 年，法國人索蘭在這片地區的湄公河中發現了一些磨製的石器碎片，從而將斯萊斯波和斯瓦古遺址呈現在世人面前。柬埔寨學者考證後，將這些碎片的年代推至五十萬至六十萬年前的舊石器時代，並認為這個發現打破了柬埔寨沒有舊石器時代遺蹟的説法。

1966 年和 1969 年，在距離馬德望省 38 千米處的疊當山樂昂斯賓山洞又出土了二千多件文物。這些文物包括昆蟲殘骸、陶製鍋碗碎片、獸骨、人骨等。經地質分析，這處遺址共有五個地質層，年代從公元前 6800 年到公元 750 年不等。其中的第二地質層的年代被鑒定為公元前 4290 年左右。從這片地質層裏出土的陶製品碎片、魚骨、螺貝和動物骨骼來看，當時的土著除了採集和狩獵外，已經開始從事與農業息息相關的生產勞動。

此外，東南亞最早開始發掘的三隆森遺址也位於柬埔寨境內。它是高棉文明，以及整個東南亞文明在金石並用時期的代表性遺址。與這處遺址同時期的還有安隆普道遺址和莫羅博雷遺址。這些遺址都可以追溯到公元前 200 年至公元前 100 年之間。三隆森遺址坐落在磅清揚省、洞里薩湖的北側，佔地約 6,000 平方米。1879 年，法國人科爾發表論文，將這裏的

古高棉人使用的陶罐。
柬埔寨國家博物館藏

有腳盛器。公元前4世紀，出土於班迭棉芷省波雷奈特波雷縣斯耐村。
柬埔寨國家博物館藏

考古發現公之於眾。隨後，穆拉、艾莫涅、曼修等人又先後對這裏進行了發掘。安隆普道遺址發現於 1902 年，坐落在三隆森遺址東南 30 千米處。莫羅博雷遺址位於柏威夏省北部，這裏出土的金屬器物最多，年代也相對較新。

以上三個遺址出土的器物種類非常豐富，主要包括磨製錐形石斧、磨製扁形石斧、磨製石鑿、磨製石刀、磨製石砧、磨刀石、磨製石手鐲、磨製石磨、磨製石鐮刀、磨製石杵、磨製石梭、磨製石魚鉤，骨箭頭、骨刀、骨製魚鉤、骨鐮刀、骨製飾品，貝類飾品，陶飾品、陶罐、陶鍋、矮陶碗、高腳陶碗、大底座陶碗，青銅箭頭、青銅鐮刀、青銅斧頭、青銅魚鉤，鐵鑿，人類小腿骨、大腿骨、前臂骨、頭骨等。除此之外，還發現了大量人類烹煮留下的痕跡。

如果說越南和平文化（距今約 10,000—6,000 年）是新石器早期在東南亞較早出現的文明文化，那麼，高棉遠古文明出現的時間也應與之相近。然而，由於缺乏專業的考古器材和

左頁及右：古高棉人使用的陶罐。
柬埔寨國家博物館藏

技術，柬埔寨的考古發掘和文物鑒定工作主要依靠外國援助，發掘出土的文物也常常不能在本國保存，這樣就給當地學者開展文物研究和分析工作造成了極大的困難和阻礙。

除了高棉人的早期生產生活遺蹟，考古學家也在柬埔寨發現了古代青銅鼓。青銅鼓是普遍出現在中國南方和東南亞的文物。在東南亞，青銅鼓主要發現於越南北部、泰國東北部和老撾、柬埔寨、馬來西亞、緬甸、印度尼西亞等地。中國人對柬埔寨的青銅鼓早有認識。《舊唐書・音樂志》載：「銅鼓，鑄銅為之，虛其一面，覆而擊其上。南夷、扶南、天竺類皆如此。嶺南豪家則有之，大者廣丈餘。」

柬埔寨的祭祀器具青銅鼓大多製作公元前三世紀至公元前一世紀，主要分佈在波羅勉、上丁、磅湛等省份，但柬埔寨官方掌握的並不多。2004 年，柬埔寨的警察在暹粒從文物販子手中截獲了一面青銅鼓，鼓面直徑 62 厘米、高 75 厘米。之後不久，在磅湛省也發現了一面重達 4,000 克的青銅鼓。柬埔寨的青銅鼓都

上：青銅鼓。公元前3世紀—公元前2世紀，出土於越南南部（下高棉地區）。柬埔寨國家博物館藏
下：青銅鼓。公元前3世紀—公元前2世紀，出土於柬埔寨。柬埔寨國家博物館藏

是最原始的黑格爾Ⅰ型鼓。鼓身形制較大，鼓面渾圓，中心一般有十二道太陽紋，邊緣常有向上凸出的青蛙裝飾。這種鼓鼓身中凹，下部垂直或有收張，四隻鼓耳成對排列。柬埔寨國家博物館展出的兩面青銅鼓均為公元前三世紀至公元前二世紀的遺物。鼓面上的太陽紋路精緻清晰，青蛙裝飾栩栩如生，是黑格爾Ⅰ型鼓中的經典之作。

柬埔寨的青銅鼓主要用於祭祀和節慶。鼓面上的太陽紋路源於高棉祖先的拜日信仰。從古至今，高棉人深知太陽對農業生產起着至關重要的作用。而鼓面上的青蛙裝飾則是為了祈雨而弄上去的，生活在水中的青蛙常被視作能夠呼喚雨水的祥瑞之物，因此，青銅鼓也常被高棉人稱作「祈雨鼓」。除此之外，青蛙也代表着生殖和延續，在鼓面上常會出現羅列交尾的青蛙裝飾造型。

此外，青銅鼓還兼具喪葬容器的功能。2008年，柬埔寨文化與藝術部在波羅勉省波赫考古遺址中發掘出一面藏着人骨和金屬飾品的青銅鼓。這面鼓經該部實驗局鑒定，初步估計為公元前三世紀至公元前一世紀的遺物。鼓中的人骨和飾物屬於一位地位顯赫的古代高棉女性。這種鼓中藏骨的喪葬方法是高棉文明中典型的二次葬習俗。所謂二次葬，就是在初葬的時候，或焚燒屍體，或將屍體埋入地下，待肉血腐無後，再將骨灰或部份骨骸取出，置入金壜或瓦罐內，搭配隨葬器物，遷葬到別處或靈骨塔中。目前，柬埔寨王族和東北部少數民族依然沿用這種喪葬風俗。在波赫考古遺址中發掘的這面青銅鼓就是二次葬時的容器，作用等同於金壜或瓦罐。

高棉人之所以崇尚二次葬的習俗，是因為在高棉文明中有着「死亡即重生」的觀念。青銅鼓，金壜等容器往往被當地人想像成女性的子宮，人類由此而來，走的時候也將回到那裏去。遺骸置入金壜或瓦罐的逝者如同孕育中的嬰兒一般，將獲得新生。中國閩南、客家族群中流行的拾骨葬與高棉二次葬也有很多相似之處。

事實上，波赫遺址出土的青銅鼓數量遠遠不止這一面。2008年，磅湛省美摩考古研究局副局長賀索帕蒂就曾透露，在波赫遺址發掘的青銅鼓數量應有三十面之多，但是很多被盜賣了。柬埔寨學者普遍認為，古代高棉人既不掌握製造銅鼓的冶煉技術，也沒有相應的澆鑄模具，因此柬埔寨境內的青銅鼓應是從中國南方傳入。這些銅鼓的面世更多地體現了古代中柬兩國在商貿和文化方面的頻繁交流。

青銅鼓也表達出古高棉民族的原始信仰。這些信仰主要表現為對自然和祖先的崇拜。由於生產力低下、科學知識匱乏，遠古的高棉人缺少抵禦和承受極端自然現象的能力，產生了對自然的敬畏心理。與此同時，出於對祖先的懷念，高棉人也產生了對祖先的崇拜心理。兩者的結合形成了高棉最早的泛靈崇拜。「耐達」就是高棉語中對這兩類神靈的專有稱謂。

高棉文明裏的「耐達」主要有自然和祖先兩種。最初，自然耐達僅僅是存在於腦海中的念想。它可能存在於一塊小石頭中，也可能存在於一棵樹木中；它可能形態萬千，又可能根本無形。隨着文明的發展，耐達信仰也逐漸豐富起來，出現了地域性質的耐達，如土地耐達「波列普姆」、森林耐達「波雷」等。但是，這些自然耐達至今沒有特定的形狀，高棉人供奉的耐達龕位上時常是空無一物的。

祖先耐達則不同，他們通常是功績卓著的偉人，辭世後才被人們神化。因此，祖先耐達

金壜，又稱金塔，即骨灰甕。青銅材質，公元前4世紀—公元2世紀，發現於金邊市查昂萊區。柬埔寨國家博物館藏

通常有着實在而固定的形象。磅湛省有為民治病的耐達布賽恩，上丁省有守護水道的紅脖子耐達，烏多棉芷省有八頭耐達，而在金邊城裏的奔夫人耐達則是金邊城市的締造者……婆羅門教傳入以後也與耐達信仰發生了融合。吳哥寺中的一尊巨型毘濕奴像如今已經被當地人認作吳哥地區的保護神。這尊神像兼具了婆羅門教神祇和泛靈耐達的雙重職能，被當地人尊稱為「達瑞奇」，意為「國王耐達」。

高棉人的村落是自然耐達和祖先耐達集合的地方。這裏的自然耐達一般代表着村里的耕地，而祖先耐達則是村里真實存在過的人。村民們相信，是那些具有神力的祖先最早把有靈性的野地馴化成如今的耕地。

高棉人的原始村落常常具有圓形的形制。1962 年，法國人格羅利耶在磅湛省美摩村發現了波雷奇隆村落遺址。這處村落有着直徑約 200 米的圓形外牆和兩條進出通道。依據出土的石器和陶器判斷，遺址的年代應該在公元前 1500 年至公元前 500 年之間。

隨後，考古學家在柬埔寨暹粒省、越南南部地區和泰國東北部地區也發現了大量圓形或橢圓形的村落遺址。這些村落中的房屋以木質結構為主，村莊四周挖掘了水渠。村莊的外牆可以保護村民和財產免受野獸和外族的攻擊。在一些村落中央，還會豎立起一根巨大的石柱。石柱與村落中的耐達崇拜有關。人們將石柱想像成村莊祖先靈魂的居所，相信祖先去世後，靈魂不會離開村莊，而是留在石柱裏繼續保佑村落平安。

不難想見，在遠古高棉大地上，無數個這樣的圓形村落形成了相互聯繫的網狀結構。隨着歷史的發展，有些村落逐漸壯大，對周邊產生影響，一些村落便開始依附於大型村落，形成部族。隨着一世紀印度文化的傳入，各個部族逐漸具備了相對統一的宗教思想和政治體系，最強大的部族成為地域的核心領導。這個強大的部族被稱作「扶南」，中南半島上的第一個國家文明即將誕生。

貳

以山嶽為名的扶南王國

一世紀——七世紀中葉

一世紀，隨着遠古文明的進化，高棉民族孕育出最早的王權形式——扶南王國。中國西晉文學家左思（約 250—約 305）的《三都賦》和唐代譯經僧義淨（635—713）的《大唐西域求法高僧傳》中分別將這個國度稱作「夫南」和「跋南」。

扶南也是東南亞最早的國家文明。公元紀年最初的六個世紀裏，扶南的勢力範圍幾乎遍及整個中南半島。林邑、西屠、堂明、屈都昆、典孫、拘利、真臘等周邊小邦都被歸為它的屬國。

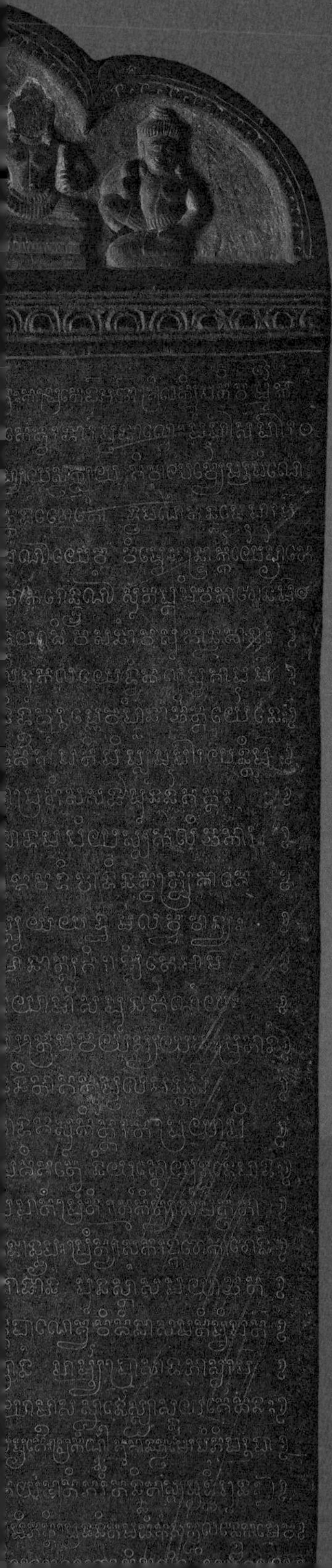

頂部刻有神像的石碑。頂部神像中間為濕婆，右側為騎乘金翅鳥的毘濕奴，左側為梵天。柬埔寨國家博物館藏

1. 扶南起源和與東西方文明的邂逅

「扶南」是中國人對高棉王國最早的稱呼。一種觀點認為，「扶南」其實與柬埔寨少數民族「普農」對音。從柬埔寨古代寺院的浮雕和圓雕來看，古高棉人的衣着與普農族十分接近。經血液分析鑒定，普農族也與高棉族存在着親緣關係。更為流行的觀點認為，扶南是古高棉語「vnam」（今為「phnom」）的對音。「vnam」的意思是「山」。所謂扶南國，其實就是「山嶽之國」。

這樣說不無道理。山嶽自古就因其高大險峻、藏棲珍禽奇獸、神秘莫測而備受人類的崇拜。山嶽常常被認為距離天際最近，人間的訴求能夠由此直達神靈和天庭。扶南人的山嶽崇拜也源於對山川的敬畏心理，只是在婆羅門憍陳如成為扶南國王之後，這種原生的敬畏又與婆羅門教的教義有機地融合了起來。婆羅門教中的聖山「須彌山」成為扶南人山嶽崇拜的最高想像。在婆羅門教中，須彌山被形容成是一座錐形的黃金大山，坐落於宇宙的中心。傳說中的須彌山高 84,000 由旬[1]，通達天堂和地獄，是神明的聚居之所。

憍陳如在君臨扶南的時候早已深諳婆羅門教教義，知道與神明的溝通一定要在想像中的須彌山上舉行。中國古籍《南齊書・蠻列傳》載，五世紀後期，扶南使者那伽仙曾在南齊朝堂上描述了扶南的宗教，「國俗事摩醯首羅天神，神常降於摩耽山」。「摩醯首羅天神」是婆羅門教中的濕婆神，是當時人們膜拜的最高神。而「摩耽山」則是現實中被想像成「須彌山」的山巒。這座山位於今天柬埔寨波羅勉省，叫巴普農山。「神常降於摩耽山」，就是在

訶梨訶羅神像。砂岩材質，6世紀扶南時期，普農達風格，發現於茶膠省吳哥波雷縣普農達山。柬埔寨國家博物館藏

大力羅摩神像。砂岩材質，6世紀扶南時期，普農達風格，發現於茶膠省吳哥波雷縣普農達山。柬埔寨國家博物館藏

說扶南王在巴普農山上祭祀濕婆神。

憍陳如的治理給高棉人帶去了印度的宗教文化。扶南人膜拜濕婆，雕刻毘濕奴神像，還崇拜「訶梨訶羅」神像。《梁書・諸夷列傳》載，這些神像「以銅為像，二面者四手，四面者八手，手各有所持，或小兒，或鳥獸，或日月」。「訶梨訶羅」神像是一種集合了濕婆神和毘濕奴神兩大神明特徵的合體神，是婆羅門教最高神的形象之一。佛教此時也在扶南傳播開來。二至三世紀，扶南已經出現了使用梵語的上座部佛教。扶南後期，中國與扶南頻繁的宗教互動說明佛教在扶南達到鼎盛。

扶南與中國的官方聯繫建立於三世紀中葉。243 年，扶南王范旃派遣使者到吳國（三國孫吳政權）貢獻樂人和方物。作為回應，孫權於 243 年至 252 年派遣中郎康泰、宣化從事朱應對扶南進行了回訪。

康泰和朱應的訪問收穫了頗為豐碩的成果。他們在扶南邂逅了天竺王派去的兩位使者，從他們的口中得到了一些關於印度的信息。他們還撰寫成兩部重要的著作《吳時外國傳》和《扶南異物誌》，對扶南及此次出訪的國家和地區進行了詳細的描述。可惜的是，這兩部書籍先後遺失，只有部份片段在後作的援引當中被保留了下來。《扶南異物誌》的遺失大概在七世紀。在《隋書・經籍志》《舊唐書・經籍志》《新唐書・藝文志》等古籍中列有專門的條目引用書中片段。康泰的《吳時外國傳》一直流傳到十世紀末。在《水經注》《北堂書鈔》《藝文類聚》《初學記》《史記正義》《史記索隱》《通典》《文選注》《白孔六帖》《太平御覽》《事類賦》等古籍中可以找到一些摘錄。

無獨有偶，扶南與印度的官方聯繫也建立於三世紀中葉。中國北魏地理學家酈道元《水經注》載：「康泰《扶南傳》曰，昔范旃時，有嘾楊國人家翔梨，嘗從其本國到天竺。展轉流賈至扶南，為旃説天竺土俗，道法流通，金寶委積，山川饒沃，恣其所欲。左右大國世尊重之。旃問云：『今去何時可到，幾年可回？』梨言：『天竺去此，可三萬餘里，往還可三年逾。』及行，四年方返，以為天地之中也。」聽罷家翔梨的彙報，扶南王范旃決定派遣使者蘇物攜帶禮品前往天竺。天竺王接待了蘇物，並對扶南王派遣使者遠道而來甚為感動，立刻安排兩位天竺使者前往扶南回訪，並以四匹月支馬作為回禮。兩國由此建立了官方往來。

三國時期以後，扶南與中國的交往更為密切，朝貢次數達三十次之多。其中，以中國南朝時期接受的朝貢次數最多。頻繁的貿易交往，加深了兩國的相互理解，無形中也增強了彼此的政治互信。431年，扶南王恃梨陁跋摩力拒林邑王范陽邁，不同意與林邑合兵攻打當時中國的交州地區。這次拒絕，對扶南王而言着實是冒着極大風險的。林邑緊鄰扶南，歷史上兩國在邊境上紛爭不斷，拒絕出兵很有可能會招來大規模的軍事報復。無論如何，恃梨陁跋摩的處理方法成為後繼國王處置類似事件的參考案例。此後，中柬之間再沒有發生過大規模的戰爭。

在扶南後期，佛教成為兩國文化交流的主題。尤其是在南梁武帝蕭衍執政時期，兩國佛事往來非常密切。為數眾多的僧人從扶南來到中國弘法，其中湧現出三位著名的譯僧。第一位是僧伽婆羅，又名僧養、僧鎧，南齊末年經由海路來到南朝都城建康（今南京）。506年，他被蕭梁朝廷徵召，分別在壽光殿、華林園、正觀寺、占雲館、扶南館等五處傳法譯經十七年，共譯佛經十一部四十八卷，其中包括《阿育王經》《解脱道論》等。524年，僧伽婆羅病逝於正觀寺，享年六十五歲。繼僧伽婆羅之後，扶南沙門曼陀羅也來到中國。曼陀羅又名宏弱，他從扶南將大量梵文佛經和典籍帶到中國。他曾與僧伽婆羅合作，共譯《寶雲》《法界體性》《文殊般若經》三部十一卷，但由於他並不精通漢語，所以譯作鮮見於世。第三位扶南高僧是須菩提，南陳時期（557—589）他在揚州至敬寺翻譯《大乘寶雲經》共八卷。

除了三位扶南高僧，還有一位著名的天竺僧人受扶南王的託付來到中國。他把自己畢生的心力奉獻給了扶南與中國的宗教交流事業。這位僧人名叫真諦，西天竺優禪尼國人，又名親依，也稱波羅末他、拘羅那他。535年至546年，梁武帝委派張汜護送扶南使臣回國，同時向扶南王提出請求，希望扶南國派遣佛教大師，攜帶佛教典籍到南梁傳經送寶。於是，扶南王留陀跋摩應梁武帝所求委派天竺僧人真諦攜經卷二百四十束，於548年抵達建康。然而，真諦抵達之時正值南梁侯景之亂起，他不得不輾轉於建康，富春，江西九江、豫章、南康、臨川，福建晉安等地。面對混亂的時局，他堅持譯經，翻譯出《十七地論》《金光明經》《大乘唯識論》《攝大乘論》《俱舍論》等六十四部經典，共計二百七十八卷。569年，他病逝於廣州。後人為了紀念他在宗教文化傳播方面做出的貢獻，將他與鳩摩羅什、玄奘、不空一起，譽為中國佛教史上的四大譯僧。

與此同時，中國也派出了很多前往扶南交流的使者。據《梁書・諸夷列傳》記載，梁武帝曾委派高僧雲寶遠赴扶南迎取佛髮：「（大同）五年（539年），（扶南）復遣使獻生犀。又言其國有佛髮，長一丈二尺，詔遣沙門釋雲寶隨使往迎之。」

2. 王朝更迭和社會景象

據《梁書・諸夷列傳》記載：「扶南國，在日南郡之南，海西大灣中，去日南可七千里，在林邑西南三千餘里。城去海五百里。有大江廣十里，西北流，東入於海。其國輪廣三千餘里，土地洿下而平博，氣候風俗大較與林邑同。出金、銀、銅、錫、沉木香、象牙、孔翠、五色鸚鵡。」「海西大灣」是暹羅灣，「大江」是湄公河。這是人們對扶南地理位置、地質狀況的最初印象。扶南國的核心區域主要位於湄公河下游，靠近湄公河三角洲。在大部份時間裏，扶南的中心在毘耶陀補羅城。這座城市位於今天柬埔寨波羅勉省境內，依傍巴普農山。《新唐書》將這座城市稱為「特牧城」。這個名字源於梵文「Vyadhapura」，意為「獵人之城」。傳說城裏的扶南人擅長狩獵和馴獸。

從一世紀初到七世紀中葉的六個多世紀裏，中國的史籍記錄下十一位扶南王的信息。憍陳如是扶南的開國之君。他與柳葉成婚，建立了扶南王國。建國後，他將領地分為「七邑」，分別交予自己的七位王子治理，並將王位交予混盤況繼承。混盤況登基以後，對各邑王公的權力有所忌憚。於是，他施展計謀，讓各邑王公互相猜忌，趁各邑王公內鬥之時，攻下各邑，交予自己的子孫治理。混盤況一直在位到九十多歲，才讓二兒子盤盤繼承為王。然而，盤盤這位新國王無心於國事，委託朝中大將范蔓代為治國理政，他在位僅三年就去世了，范蔓在國人的推舉之下成為新任國王。他即位後，日夜操勞，不幸沾染疾病。他的外甥范旃趁機篡奪王位。然而，范蔓去世時留下了一個名叫「長」的小兒子。長成年後，聯合前朝的黨

觀音像。6世紀扶南時期，普農達風格，發現於班迭棉芷省斯雷桑潘縣斯拉寧達索村。柬埔寨國家博物館藏

羽開始為自己的家族復仇。最終，他的行刺計劃成功了。然而，勝利的天秤卻沒有向他傾斜，長被范旃的大將范尋誅殺。范尋成為新任國王。

357年，扶南國出現了第二位外來的國王。他來自天竺，古籍中稱他為「天竺旃檀」。「旃檀」這個名字很可能與印度的貴霜王朝有着緊密的聯繫。因為隨着笈多王朝興起，大量貴霜王朝的遺老遺少曾流亡東南亞避難。旃檀的繼承人是一位來自天竺的婆羅門，也叫「憍陳如」。為了將他與扶南開國國王憍陳如進行區分，通常稱他為憍陳如二世。憍陳如二世登基的方式與范蔓相同，也是被擁立為王。他執政期間在扶南大力推行印度法度，是扶南王國大量借鑒印度文化的歷史時期。

五世紀末六世紀初，憍陳如・闍耶跋摩出現在扶南的歷史舞台上。他是扶南後期最偉大的國王。這個時期，扶南與中國在貿易、文化和軍事等方面保持了非常頻繁的往來。憍陳如・闍耶跋摩也是第一位獲得中國朝廷冊封的扶南王。503年，南梁武帝蕭衍冊封他為「安南將軍、扶南王」，留下了歷史上中國皇帝首次冊封高棉國王的記錄。有史記載的扶南最後一任國王叫留陀跋摩。由於他是庶出，本不能繼承王位，但是他設計陷害了自己的弟弟求那跋摩，篡位成為扶南王。這種行徑違背了正常的繼承倫理，引起了北方屬國真臘的反叛。

扶南王權所涉之地，在經歷開拓和繼承之後，變得尤其廣闊。真臘起義爆發之前，扶南的勢力範圍囊括了今越南南部、湄公河中部和三角洲地區、湄南河流域和整個馬來半島，但這種擴張並不是循序漸進的。在一位扶南王執政期間，大量的周邊小國成為扶南的屬國。這位國王堪稱扶南疆域的奠基人，他就是扶南最勇武的國王——范蔓。范蔓自號「扶南大王」。登基以後，他便率兵攻伐旁鄰。周邊的林邑、西屠、堂明等國懾於扶南的威力，紛紛歸為從屬。在開拓陸地勢力後，他修造大船，率領海軍繼續沿海路拓展。扶南的海軍進攻屈都昆、九稚、典孫等十餘國，開地五六千里。屈都昆、九稚、典孫都是扶南的周邊小國，位於馬來半島之上。九稚和典孫在當時的南海貿易中頗有名氣，都是重要的貨物集散地。

扶南國力的迅速拓張使范蔓心力交瘁。他將矛頭指向位於今天緬甸南部或泰國中南部的金鄰國時，命運和他開了個玩笑。這位雄心勃勃的扶南王一病不起，擴張計劃也不得不暫停下來。萬般無奈之下，他只能將征戰金鄰國的重任交給了太子金生。突然的變故打亂了朝廷的秩序，也給政敵留下了可乘之機，扶南墮入爭奪王權的漩渦。最終，范蔓的外甥范旃篡奪

扶南王位世襲表

國王名稱	在位年代
憍陳如（混填）	1世紀後半葉
混盤況	約2世紀
盤盤	約3世紀初
范蔓	3世紀上半葉
范旃	約225年至245年
范尋	約244年至287年
旃檀	約357年至5世紀初
憍陳如二世	5世紀上半葉
恃梨陁跋摩	5世紀中葉
憍陳如・闍耶跋摩	約480年至514年
留陀跋摩	514年至6世紀中葉

了王位，並設下計謀誘殺了征戰在外的金生。范蔓的軍事擴張也就此告一段落。

范蔓的擴張計劃雖然被中途打斷，但扶南已然確立起區域海上強國的地位。此時，扶南既擁有先進的造船技術，又佔據受人歡迎的海港。中國宋代類書《太平御覽・舟部二》曾援引《吳時外國傳》對當時的扶南大船進行了描述：「扶南國伐木為船，長者十二尋，廣肘六尺，頭尾似魚，皆以鐵鑷露裝。大者載百人，人有長短橈及篙各一。從頭至尾，面有五十人作，或四十二人，隨船大小。立則用長橈，坐則用短橈，水淺乃用篙，皆當上應聲如一。」「尋」是中國古代度量單位，一尋為八尺（漢），一尺（漢）約合今天的0.229米。可見，三世紀中葉，扶南已經能夠製造長達約22米、容納近百人的大型船舶。六世紀初，扶南工匠製作的大船已經能夠順利完成從西印度到中國東南港口的行程。中國宋代《太平廣記・異人一》載，南梁天監年間（502—519），「扶南大舶從西天竺國來，賣碧玻璃鏡」。由此不難想見扶南大舶的堅固程度和續航能力。

扶南地處南海絲路的中心地帶，取道馬六甲海峽的船舶都要在扶南的海港中轉、補給。俄厄港就是當時頗為著名的港口之一。這座港口坐落在今越南南部安江省境內的湄公河三角洲地帶。「俄厄」意為水晶支流。通過考古發現，俄厄地區在扶南時期就已經存在規模龐大的河道網絡。這片網絡將城市、村莊、河流與海洋連接，不僅便於運輸，也是扶南水利系統的重要組成部份，保障着居民生活生產用水所需。

俄厄港不直接與海相鄰，而是位於湄公河三角洲複雜的河道網絡當中，因此，進入俄厄港的船隻既能夠躲避風浪，又能夠中轉貨物，接受補給。在古羅馬商賈來華的商道上，扶南是必經之路，俄厄港更是羅馬商賈的落腳之地。法國考古學家路易斯・馬勒雷曾在二戰時期對俄厄港遺址進行過發掘。在這片佔地 450 公頃的土地上，他發現了大量來自東西方國家的文物。其中包括鑄於 152 年的羅馬皇帝的金質徽章、羅馬念珠，來自地中海的凹雕石刻，來自印度的梵文印章，產於中國東漢時期的銅鏡和來自波斯的玻璃質圓片，等等。

六世紀，一場洪災在俄厄港造成了毀滅性的破壞。洪水退去以後，俄厄港的一切被厚厚的泥土掩埋了。

七世紀以後，隨着室利佛逝等海島王國的興起，一些更受歡迎的海港出現在蘇門答臘島和爪哇島上。高棉王國由於陷入真臘、扶南的紛爭而停滯不前。於是，南海商道的重心開始向海島地區轉移，俄厄港失去了國際性海運樞紐的地位。

正如俄厄港遭遇的那樣，如今，扶南王國的大部份建築已經毀於氣候、災害和戰爭，人們很難通過觀察實物了解扶南社會。所幸的是，中國歷代典籍中保留下了一些記錄扶南景象的文字，可以幫助後人勾勒出扶南當時的輪廓。

從記載來看，扶南土地肥沃，氣候有利於農作物生長。當時的稻米一年能夠收穫三季，甚至四季。扶南盛產甘蔗、安石榴、橘子、檳榔等。扶南的金、銀、銅、錫等礦藏儲量豐富，還出產沉木香、象犀、孔翠、五色鸚鵡等奇珍異寶。中國晉代嵇含編撰的《南方草木狀》裏還提到扶南出產一種竹節長達兩丈的「雲丘竹」和能製成抱香履（鞋子）的「抱木」，晉代崔豹撰的《古今注》則記載了扶南用於染色的「蘇枋木」和「紫旃木（紫檀）」。此外，扶南也盛產大象，而且扶南人精於馴象。於是，大象成為扶南人重要的交通工具。在扶南國，國王出行乘象，女人也能乘象。

扶南人用於建築房屋的材料主要是木材，屋頂用棕櫚葉編織覆蓋。居民和國王居住在閣樓中，閣樓的複雜程度與社會地位有關。國王閣樓的層數最多，結構最複雜。這種閣樓是今天柬埔寨高腳屋的雛形，在鄉村地區十分常見。房屋一般分上、下兩層。下層為空，用來蓄養牲畜或者紡紗織布；上層主要用來住人。上、下兩層用樓梯連接。在熱帶，這種構造的民居既有利於散熱通風，又能夠在一定程度上抵禦洪水災害。

扶南不設牢獄，解決糾紛的方法是神判法。神判法的裁決方式主要有捧行、探湯、沒水和投鱷四種。捧行和探湯就是讓「有罪者，先齋戒三日，乃燒斧極赤，令訟者捧行七步。又以金鐶、雞卵投沸湯中，令探取之，若無實者，手即焦爛，有理者則不」（《梁書・諸夷列傳》）。沒水則是「令沒水，直者入即不沉，不直者即沉也」（《南齊書・東南夷列傳》）。投鱷的方法始自范尋時期。當時，扶南有「鱷魚大者長二三丈，有四足，似守宮，常吞食人。扶南王范尋，敕捕取，置溝塹中。尋有所忿者，縛以食鱷。若罪當死，鱷便食之；如其不食，便解放，以為無罪」（《太平御覽》引《吳時外國傳》）。扶南人的喪葬採用水葬、火葬、土葬和鳥葬等四種喪葬方式。水葬是將屍體投入江海，火葬是將屍體焚為灰燼，土葬是將屍體埋葬入土，鳥葬則是將屍體置於荒野，任鳥獸啄食。

扶南人的祖先因為終年炎熱的氣候，很可能長期保持裸身和光腳的習慣，但是扶南建國以後，這種習慣已經發生改變。

史書記載，混填與柳葉成婚後，便開始教授柳葉「穿布貫頭」，不再裸露。受印度文明影響的着衣觀念很快在扶南女性當中傳播開去。243 年至 252 年間，當康泰、朱應來到扶南時，扶南的女性已經身着「貫頭」衣了。但是，他們也發現，扶南男子的上身空無一物。於是，他們向扶南王范尋建議，讓扶南男子穿上「橫幅」。范尋採納意見，命令國內的男子都穿「橫幅」。這種習慣一直流傳到今天。「橫幅」，就是水布，是今天柬埔寨人不可或缺的日用品。水布可以繫在頸間、頭上或者腰間，既是裝飾物，也能供擦拭之用。因此，在三世紀中葉以後，扶南已經「男子截錦為橫幅，女為貫頭」（《南齊書・東南夷列傳》）了。

此外，扶南人還精通音律，扶南樂工演奏的音樂被稱為「扶南樂」。《舊唐書・音樂志》載：「扶南樂，舞二人，朝雙行纏，赤皮靴。」中國人第一次接觸到扶南樂是在 243 年。當年，扶南王范旃向孫權貢獻數名樂人。傳說孫權聽過扶南樂後，非常推崇，設置專業部門

「扶南樂署」，向吳人傳授扶南樂的樂理知識。但是，到了隋煬帝時期，扶南樂在中國沒落了。隋朝不再用扶南樂，而全部改用天竺樂。扶南樂被排除在九部樂之外了。

扶南時期的建築雕刻文化非常精彩。這個時期的建築雕刻風格可以籠統地稱為「普農達風格」，是以普農達山上的普農達寺命名。扶南時期的寺院一般是獨立的修行精舍，呈塔寺結構。精舍依山而建，建築樣式主要參考古印度風格。其中，以坐落在普農達寺旁邊的濕婆精舍寺最為有名。這座塔寺是柬埔寨最早的寺廟建築，大約建成於扶南後期五至六世紀。寺高七米，地基是一個五米見方的四方形結構。這種構造凸顯出高棉人在建造精舍時的宗教考量。婆羅門教裏四方形寓意吉祥，四方形的居所既適合天神又適合婆羅門。濕婆精舍寺的建築材料是磚石，取材於附近的山上。全寺正面向北，單門無假門，牆面上開有八扇窗戶，其中的兩扇位於正門的兩側。正門的兩邊還各立有一根用來支撐門楣的石柱，石柱上雕刻着花簇造型和環狀裝飾。這座塔寺建有沉重的門楣，門楣石上雕刻着印度式的花簇造型。這些花簇造型是用來歡迎朝聖者入寺祭拜和修行的裝飾。扶南時期的浮雕和圓雕，如頭戴髮冠的毘濕奴像、笈多風格的佛陀像等也非常精美。這些雕刻主要集中在吳哥博雷和普農達山地區。總的來看，扶南時期傳承下來的建築和雕刻技藝為吳哥時期多姿多采的藝術呈現奠定了重要的基礎。

左：佛陀像。 6世紀扶南時期，普農達風格，發現於磅士卑省烏東縣普農寺。東埔寨國家博物館藏

右：佛陀像。 6世紀扶南時期，普農達風格，發現於茶膠省隆洛寺。東埔寨國家博物館藏

佛陀禪定像。砂岩材質，高90厘米，前吳哥時期，發現於磅士卑省空比塞縣安波貝鄉特梅村。柬埔寨國家博物館藏

3. 高棉文明文字初探

柬埔寨著名的歷史學家德朗耶曾在《高棉歷史》中寫道：「令人遺憾的是，中國古籍中記載的扶南國那些『書記府庫』中的書卷早已遺失，這給我們對當時的歷史研究工作帶來了很多的困難。至今，我們也無法知道祖先們究竟在那些經卷中使用了何種文字。但在對碑銘的考古研究當中，我們可以知道，扶南時期的官方語言是梵語，但這並不表示當時的人完全不使用高棉語。從扶南國名和都城的名字來看，當時梵語和古高棉語是同時並用的。」「書記府庫」出自《晉書》記載，據此可以推斷，扶南國至少在三世紀就已經有了能夠書寫的文字。但由於扶南文字主要以貝多羅樹葉、水牛皮和樹皮為書寫媒介，易受氣候和戰爭的破壞，因此，全球的考古學家們迄今仍未能發現任何一本扶南時期的書冊。但這並不影響我們研究扶南文字，因為高棉祖先還留下了另一種書滿文字的寶貴財富——石碑。據統計，在柬埔寨、老撾、越南南部和泰國西北部境內都曾發現過各種字體的高棉石碑，共有1,030座。這些石碑從自然侵蝕和兵燹中倖存下來，上面的文字依然可見。通過對碑文的破譯，一些有關扶南文字的信息便呈現在世人眼前。

梵文是扶南時期常用於刻寫碑文的文字。扶南最早的武景碑就是用梵文刻寫的。這塊石碑立於二世紀末三世紀初，出土於越南中部慶和省的芽莊地區，現在被保存在越南河內博物館裏。石碑上的文字反映了早期扶南社會的宗教狀況。由於這塊石碑出自越南南部，很多人誤以為它是占婆族人的遺物。

從十九世紀後期發現武景碑以來，世界上很多學者嘗試着對石碑上的碑文進行釋讀，他們大多來自法國和印度。高棉語版本的譯文直到 1958 年才由比丘僧班卡釋讀出來。班卡的譯文內容大致如下：

扶南室利摩羅王（范蔓）是佛教的虔誠信徒，
深明世間生死輪迴，對萬物萬民體恤仁慈，
散王家財富予黎民蒼生，以解脱萬民於輪迴苦海。
後世諸王，須遵此訓。

由於班卡是佛教徒，他的譯文明顯帶有佛教色彩，因此也引來了一些質疑。目前公認較全面的釋讀版本是法國印度學家讓・菲約扎在 1969 年的研究成果：

……仁慈的生靈……
……置於……首次征服……
滿月日……明月當空，聚集在英明國王前的命令……
……與祭司、官吏吮吸着國王言詞的甘露。國王釋利摩羅家族和世系……
……在隆重飾裝下……在釋利摩羅王小兒子女兒家族的榮光下，
……遵循世界正道……在人民之中，在我同族中……
……登基於王位……我與兒子、兄弟和同族共享榮華……
我所擁有的所有，不管是金銀，可動還是不可動財產……

……我都貢獻給我主近我之神。此乃吾之令，後世之王當遵循之……

請知之……您英勇僕人之奉獻……

除了梵文，扶南人也創造出自己的文字：古高棉文。《晉書》載，扶南時期的文字「有類於胡」。「胡」是對陸上絲綢古道上異族的統稱。因此，古高棉文字與古代胡文一定在字形上有相似之處。十三世紀末，中國元朝人周達觀在實地考察吳哥王城後，將吳哥時期的古高棉文字歸為類似回鶻文字。這一點與《晉書》非常類似，此時在絲綢古道上的主體經商民族正是回鶻人。這或許說明了古高棉文從扶南到吳哥的一脈相承，也說明了在古人看來高棉文字與胡文、回鶻文在字形上確實相像。周達觀還提到，古高棉文「不自上書下」的書寫習慣。這意味着古高棉語只橫向書寫，不縱向書寫。在現代高棉語中，這種書寫習慣仍然一直保留着。

最早的古高棉文石碑出自今天柬埔寨茶膠省的吳哥波雷地區。這裏是扶南晚期的中心所在。這塊石碑的製作年代為611年。通過將扶南石碑上的古高棉文與印度各種類型的字體進行比較後可以發現，古高棉文的字體與印度南部的語言字體非常相似。通過與從俄厄港遺址出土的印度硬幣上的婆羅米文進行比對後發現，古高棉文與婆羅米文具有極高的相似度。在扶南與印度南部地區的早期交往當中，高棉祖先很可能為了篆刻石碑而借用和臨摹印度文字，並在此基礎上創造出自己的文字系統。這種文字系統大量借鑒了婆羅米文的書寫方式。當然，高棉人借鑒的印度文字很可能不止婆羅米文一種。在九世紀末十世紀初，古高棉人還曾短暫使用過印度摩揭陀國的那格利字體進行碑銘的篆刻。

高蓋古建築群中刻有吳哥時期文字的石牆

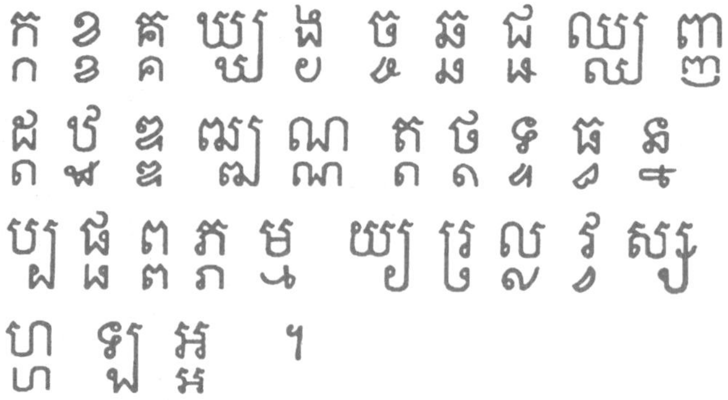

現代高棉語輔音字母

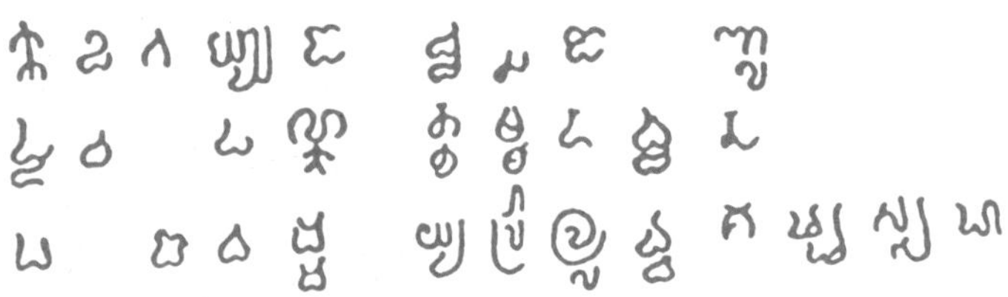

古高棉文字字母

在對大量碑文進行釋讀比較後發現，扶南時期的梵文是與「神靈」溝通的語言，古高棉語則屬於世俗大眾語言。也就是說，梵文在扶南屬於上層語言，是貴族、王族、宗教祭祀使用的官方語言；而古高棉語是大眾語言，主要在民間流傳。

古高棉語也是孕育東南亞一些民族語言的母體。1283年，素可泰國王拉瑪甘亨曾傾盡全部心血，通過改進原始泰文字體，發明了泰語的書寫字母。他所依據的原始泰文字體就是在十三世紀高棉語手寫體的基礎上改編而成的。很顯然，古泰文字母借鑒了古高棉文的書寫方式，即便在今日，泰語與高棉語也有着相似的書寫方法。泰語中的數字寫法就與高棉語完全一致。在比對現代高棉語與老撾語的字形、輔音、元音及拼寫規則之後，也發現了老撾語中很多與高棉語相似的地方。

古石碑。 981—982 年，發現於馬德望省蒙哥博雷縣班迭寧山。柬埔寨國家博物館藏

雕刻有濕婆和烏瑪神像的石碑。砂岩材質，高1.06米，1069年吳哥時期。柬埔寨國家博物館藏

雕刻有犍尼薩神造像的石碑。9世紀末，出土於暹粒省吳哥建築群茶膠寺。柬埔寨國家博物館藏

叁

水脈與山嶽鼎立的真臘王國

六世紀中葉——八世紀下半葉

六世紀中葉，扶南的北方屬國真臘迅速崛起。真臘與扶南同屬高棉民族。在捍衛王權正統的旗幟下，真臘吹響了對扶南作戰的號角。真臘的軍隊勢不可當，南下兼併了扶南的大片領土，但要真正實現王權一統卻不容易。真臘經歷了三代帝王才最終完成了統一。

1. 王國崛起和社會景象

「真臘國，在林邑西南，本扶南之屬國也。去日南郡舟行六十日而南接車渠國，西有朱江國。」兩個高棉國家——扶南和真臘同時出現在《隋書》當中。此時，扶南已近沒落，南遷那弗那城（今茶膠省吳哥博雷地區）在即，而真臘方興未艾，擺脫了扶南的控制，正一步步將扶南逼入絕境。

真臘王國發跡於湄公河中游老撾境內的巴沙地區。《隋書》載，真臘王都旁「有陵伽鉢婆山，山上有神祠」。這座「陵伽鉢婆山」位於今天老撾南端湄公河西岸巴沙地區的瓦富。與扶南一樣，「真臘」這個名字也出自中國的史籍。元朝開始，一些古籍中還出現了「占臘」的說法。歷史上對「真臘」的詞源主要有三種解釋。一種觀點認為，真臘是中國平定的意思。「真」與高棉語中的「Jen」對音，意為中國；「臘」與「Reap」[2] 對音，意為平定。真臘與中國之間曾發生戰爭，故中國佔領真臘後，給這裏取名以表勝利。久而久之，「Jen Reap」就訛傳成了「真臘」。其實，這種觀點的臆測成份很大，中國的古籍裏從沒有對真臘用兵的記載。第二種觀點認為，真臘一詞來源於中國商人。真臘在扶南以北、湄公河中游，國中林被茂密，盛產蜂蠟。中國商人常常從這裏販運蜂蠟回國售賣。由於這裏的蜂蠟

佛陀涅槃像。砂岩材質，7世紀真臘早期，發現於茶膠省吳哥波雷縣。柬埔寨國家博物館藏

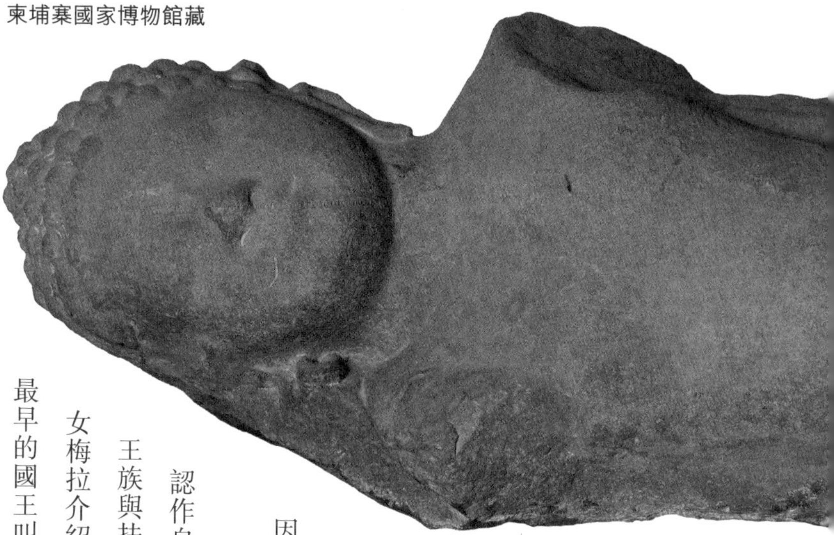

質量很高，中國商人便冠以「真」的美譽，出產蜂蠟的地方也被叫作「真蠟」。漸漸地，「真蠟」成了「真臘」。第三種觀點則認為，真臘是現在老撾首都萬象（Vientiane）的別稱，源自梵文詞「旃陀羅」（chandra）。「萬象」是「月亮之城」的意思。「萬」（vien）在老撾語裏是「城市」的意思（高棉語、泰語也如此）；「象」（tiane）則來自梵文「chandra」，意為「月亮」。由於真臘地區自古深受印度影響，城市的名稱一般用梵文來表達。因此，「vien」這個詞在古時應是梵文詞「pura」。而按照梵文的語法習慣，「pura」一般是詞語的後綴。因此，「Vientiane」在古時是「Chandrapura」，中文音譯，就成了「真臘」。

真臘與扶南本是同族兄弟，故而每一任真臘王都會將扶南王留陀跋摩認作自己的祖先。十世紀的巴克薩・占格隆石碑用神話的方式講述了真臘王族與扶南王族的血緣關係。濕婆神為了表彰仙人甘菩沙閻拔婆的苦行，將仙女梅拉介紹給他。仙人便與仙女結合，他們的後代組成了真臘的王族。真臘王族最早的國王叫室盧多跋摩，繼任者是他的兒子室羅陀跋摩。室羅陀跋摩家族有一位公主，名叫甘菩遮羅闍羅克什彌。她與扶南王留陀跋摩的孫子拔婆跋摩結婚，將真臘王族與扶南王族的血脈緊緊地聯繫起來。拔婆跋摩也因為與真臘公主通婚，獲得了真臘王位的繼承權，成為真臘領土的主宰。為了區分兩大王族世系，後人通常把真臘王族稱為「太陽世系」，把扶南王族稱為「太陰世系」。

從碑文上的傳說可以看出，留陀跋摩與拔婆跋摩是祖孫關係。既然是血緣至親，又緣何非要兵戎相見不可？這正是留陀跋摩篡位引發的血案。當年，本應繼承憍陳如・闍耶跋摩王位的王子是求那跋摩。但留陀跋摩有心篡權，便陷害了求那跋摩。無奈之下，求那跋摩只能將王位拱手相讓。留陀跋摩去世後，求那跋摩便召集自己的人馬搶回本應屬於自己的王位。扶南王國陷入王權爭鬥的陰影當中。此時，留陀跋摩的後代拔婆跋摩早已是真臘之王。扶南的內部爭鬥為真臘擺脱從屬地位，擴大王權範圍提供了可乘之機。拔婆跋摩和自己的表弟質多斯那開始精心策劃起義的細節。550 年，扶南發生了一場史無前例的洪災，都城的水利系統遭受到嚴重破壞。拔婆跋摩意識到用兵的時機已到。於是，真臘的軍隊向南開拔了。

最初，拔婆跋摩定都拔婆補羅。這座城市位於今天柬埔寨境內洞里薩湖北岸的安比羅倫考古遺址區，距離磅通市西北約 30 千米。長年的征戰指揮使拔婆跋摩的健康每況愈下，他沒能等到全國統一就去世了。大約在 600 年，拔婆跋摩的王位交給了質多斯那。質多斯那一直是在前線統軍打仗的先鋒。在他的率領下，真臘的軍隊由北向南有序地展開推進。西南方向，部隊推進到了扁擔山脈與蒙河之間的武里南地區（今泰國東部），東南方向推進到今天湄公河東岸桔井省境內。而在南部，真臘的軍隊則深入洞里薩湖西岸的蒙哥博雷地區。在湄公河沿岸（今天的桔井、上丁及武里南地區）、泰國境內的蒙河河口和素林地區遺留下的大量石碑，就是當年質多斯那為了紀念勝利和慶祝佔領而豎立起來的。這些石碑的碑文詳細記錄了質多斯那豎立濕婆林伽和公牛南迪等神像作為真臘王權的象徵。質多斯那繼位之後，繼續作戰計劃，他的目標是徹底終結南遷的扶南政權。

供佛石碑。砂岩材質，7世紀，出土於波羅勉省梅洛村。這塊石碑發掘於1998年，頂部刻有蓮花圖案。石碑是依照拔婆跋摩的一位將軍的命令雕刻而成的，這位將軍很可能就是拔婆跋摩二世。碑文中用九行梵文描述了國王和將軍。在三行已經損壞的文字中，依稀可以了解這尊石碑應該是向僧侶或者寺廟貢獻之用。石碑中的高棉文字記錄下了貢品的種類，其中包括137位高棉奴隸，其他種族的奴隸77人，以及水牛、黃牛、椰子樹、杧果樹和田地等。柬埔寨國家博物館藏

《隋書・南蠻列傳》載，真臘國「其王姓刹利氏，名質多斯那。自其祖漸已強盛，至質多斯那，遂兼扶南而有之」。《新唐書・南蠻列傳》中卻說，真臘「其王刹利伊金那，貞觀初併扶南有其地」。質多斯那是否最終實現了高棉王國的統一？又或者是其他國王實現了這個目標？有價值的線索來自《新唐書・南蠻列傳》：「武德（618—626）、貞觀（627—649）時，（扶南）再入朝，又獻白頭人二。」不難想見，扶南的抵抗非常頑強。至少在627年以前，扶南與真臘仍然是並存於中南半島上的兩個獨立的政治實體。質多斯那死於616年，他並沒能實現統一。那麼，「刹利伊金那」國王是誰？

「刹利伊金那」是質多斯那的兒子、質多斯那王位的繼承者伊奢那跋摩一世（616—635年在位）。為了更好地行使王權，他將都城遷至伊奢那補羅。中國唐代高僧玄奘在《大唐西域記》裏直接用「伊賞那補羅國」來稱呼真臘王國。伊奢那補羅古城位於今天磅通省北部的三波坡雷古地區，是當時真臘王權的中心區域。當時，真臘王權還輻射到今天柬埔寨的磅湛省、波羅勉省、干丹省、茶膠省和泰國尖竹汶等地區，在這些地區發現的伊奢那跋摩一世時期的石碑基本框定了真臘的勢力範圍。

周邊外交也是真臘王國作戰計劃的一部份。《隋書・南蠻列傳》載：「（真臘國）與參半、朱江二國和親，數與林邑、陀桓二國戰爭。」參半、朱江、林邑和陀桓是四個中南半島古代國家的名字。參半國是泰國景邁地區的古國庸那迦，位於中國、老撾、泰國交界的邊境上；朱江國是古代驃國，位於緬甸境內；林邑是占婆的古稱；陀桓則位於緬甸丹那沙林南部土瓦一帶。

左：塞犍陀神像。砂岩材質，7 世紀真臘時期，發現於磅占省磅暹縣德查地區。柬埔寨國家博物館藏

右：那羅延神像。砂岩材質，7 世紀真臘時期，發現於磅士卑省空比塞縣斯瓦賈鄉堆楚地區。柬埔寨國家博物館藏

戰爭伊始，真臘出於戰略上的考量，與參半、朱江兩個周邊國家保持了良好的關係。真臘國王為了避免腹背受敵，集中兵力攻打扶南，主動與這兩個國家聯姻，承認彼此的獨立地位。但是，林邑與扶南素有積怨。與參半、朱江相比，林邑的國力也更為強大。真臘希望在戰時穩住林邑，盡量避免林邑參與戰事，打亂作戰計劃。為此，質多斯那專程派遣使節前往林邑，表達鞏固友誼的意願。伊奢那跋摩一世還迎娶了一位林邑公主作為自己的妻子。

隨着勝利的天秤向真臘方面傾斜，真臘逐漸抬起放低的身段。在真臘王權的威懾下，參半等小國有的自動歸附，有的被真臘兼併，失去獨立外交的權力。伊奢那跋摩一世繼位數年

伽爾吉神像。砂岩材質，高 1.35 米，7 世紀真臘時期，發現於干丹省谷特羅地區。柬埔寨國家博物館藏

以後，中國的史籍裏再也沒有出現參半來朝的記錄了。事實上，這種情況並不少見。《新唐書・南蠻列傳》載：「（貞觀）十二年（638年），僧高、武令、迦乍、鳩密四國使者朝貢……僧高等國，永徽（650—655）後為真臘所併。」

真臘王權統一以後，國中呈現出一派繁榮發展的景象。伊奢那城補羅城居住着二萬多戶市民，人口可能超過十萬。城市的中央修建了一座大堂，用於國王臨朝聽政。除了都城外，真臘共有大小城池三十個，每座城裏都有數千戶人家。伊奢那跋摩一世每三天聽政一次。群臣當中，有五位大臣地位最高，分別是「孤落支」「高相憑」「婆何多陵」「舍摩陵」「髯多婁」。王宮內外有千餘名侍衛把守。這些侍衛個個身披戰甲，秉執棍杖。除了侍衛，國王的軍隊裏還擁有五千頭戰象。戰時，象隊列於軍陣的最前方，每個像背上都配備了四名手執弓箭的士兵。

真臘的物產與扶南類同。除此之外，《隋書》還特意記載了一些與眾不同的真臘海中奇物。其中有一種魚叫作「建同」，有四隻腳，全身無鱗，鼻子如同大象一樣，能夠吸水向上噴射。還有一種「浮胡魚」，樣子如同黃鱔，嘴巴形似鸚鵡，身上還長有八隻腳。此外，真臘還有一種頗為常見的大魚。這種魚的身體常有一半露出水面，看上去像一座山一樣。當然，古人的描述難免誇大其詞。不過，熱帶地區存在很多與中國相異的物種也在情理之中。

真臘人以酥酪、砂糖、稻米、米餅為主要食物。由於習慣上認為左手是污穢的，右手是潔淨的，因此他們習慣用右手進食，先將肉羹和在米餅裏，手擩而食。娶親的時候，真臘人會計算良辰吉日，聘請媒人迎親。結婚之前，男女待在各自的家中，八天八夜足不出戶，而且晝夜點燈不熄。喪葬期間，兒女禁食七日，剃髮哭泣；邀請祭司、和尚做法事，邀請親戚故友聚會，演奏音樂。亡故之人的屍體用五香木焚燒，骨灰收集裝入金銀質地的壜罐當中。窮人家用瓦罐收盛，在瓦罐外用顏料畫圖彩繪。也有不焚燒屍首的情況，家人直接將屍體送入深山中。

一些真臘時期的風俗被保留至今。例如，今天的柬埔寨人也有閉門不出的習俗，名為「入蔭」儀式。與古代婚俗不同，這種儀式如今僅適用於十三至十四歲待字閨中的年輕女孩。儀式的時間可長可短，視女孩的家境、健康狀況和自然條件而定，從一週至一年不等。富裕些的柬埔寨家庭會讓女孩「入蔭」的時間長一些。古代足不出戶的婚俗是希望通過避免陽光的照射，讓一對新人在婚禮當天皮膚白皙、美麗可人。而今天的「入蔭」儀式則是柬埔寨女孩的成人禮，經歷儀式的女孩才被認為真正長大成人，是一位能夠操持家業的成熟女性。但儀式也同時保留了從古至今高棉人愛美的本性，在他們看來，經歷過儀式的柬埔寨女孩無論從外形還是內心都更加美麗動人。

義淨曾在《南海寄歸內法傳》裏談到真臘建國初期的「滅佛」運動。「滅佛」之後，「迴無僧眾」。他將這些罪過歸咎於真臘的兩個兄弟國王，稱他們為「惡王」。拔婆跋摩和質多斯那的確都是婆羅門教信徒，也很可能因為熱衷婆羅門教而不注重佛教的發展。此時婆羅門教在真臘非常興盛。濕婆教、毘濕奴教、訶梨訶羅崇拜等各個派別都在高棉大地上留下了大量的造像遺蹟。同時，真臘人對當時流行的《羅摩衍那》《摩訶婆羅多》，以及《往世書》等婆羅門教經典也有着很高的學習造詣。那麼，佛教真的被「除滅」了嗎？《隋書・南蠻列傳》載，真臘國「多奉佛法，尤信道士（指婆羅門教徒），佛及道士並立像於館」。一句「多奉佛法」道明了佛教廣泛的社會基礎。佛教從扶南時期開始在高棉大地上已經傳播了數個世紀，在扶南後期還頗為興盛，在高棉人的信仰體系裏已經佔有重要地位，想要「除滅」絕非易事。實際情況是，真臘初期的佛教在地位上不比婆羅門教，但神像和佛像還是能夠同時出現在廟堂接受供奉的。《舊唐書》載，真臘「國尚佛道及天神。天神為大，佛道次之」。

這個時期的建築和雕刻也取得了較高的藝術成就。鑒於雕刻和建築主要集中在伊奢那補羅城及周邊，「三波坡雷古風格」便成為這個時期建築和雕刻風格的名稱。三波坡雷古風格的建築與普農達風格類似，主要以獨立的塔寺為主。塔寺的寺身為磚石混合結構，門楣的材質採用厚重的大塊砂岩，寺門兩側的石柱在經過雕刻加工後，呈現出凹凸有致的形狀。三波坡雷古風格的圓雕以女天神像、男天神像最為傳神。女天神像的圓雕細緻刻劃了頭部華麗的圓形冠狀飾物，而男天神的圓雕則更加突出高大健碩的身材比例。儘管這些造像明顯借鑒了古印度的雕刻技法，但此時的高棉人已經不再滿足於學習和模仿，開始在造型中結合高棉人獨有的外貌特徵，強化高棉元素。2017 年 7 月，在第四十一屆世界遺產大會上，聯合國教科文組織將三波坡雷古建築群列入世界文化遺產名錄，使得柬埔寨的世界文化遺產數量增加到了三個。

用於獻祭火神阿耆尼的容器。砂岩材質，7世紀，出土於磅通省三波坡雷古地區。1927年，維克多・郭魯柏率考古隊在三波坡雷古建築群進行考古時發現了這件容器。這件容器外形獨特，有人認為是席位，有人認為是石桶或者灶台，也有人認為這是一件用於向火神阿耆尼獻祭的容器。在柬埔寨其他寺院中也曾發掘過類似的容器。容器四邊雕刻的文字意為:「歐姆！膜拜仙人哲彌尼！」「哲彌尼」可能是吠陀時代一位印度仙人的名字，或者一個印度仙人群體的名字。這個名字也曾出現在另外三個石碑中。柬埔寨國家博物館藏

濕婆神像。砂岩材質，7世紀真臘時期，三波坡雷古風格，發現於上丁省磅占高地區。柬埔寨國家博物館藏

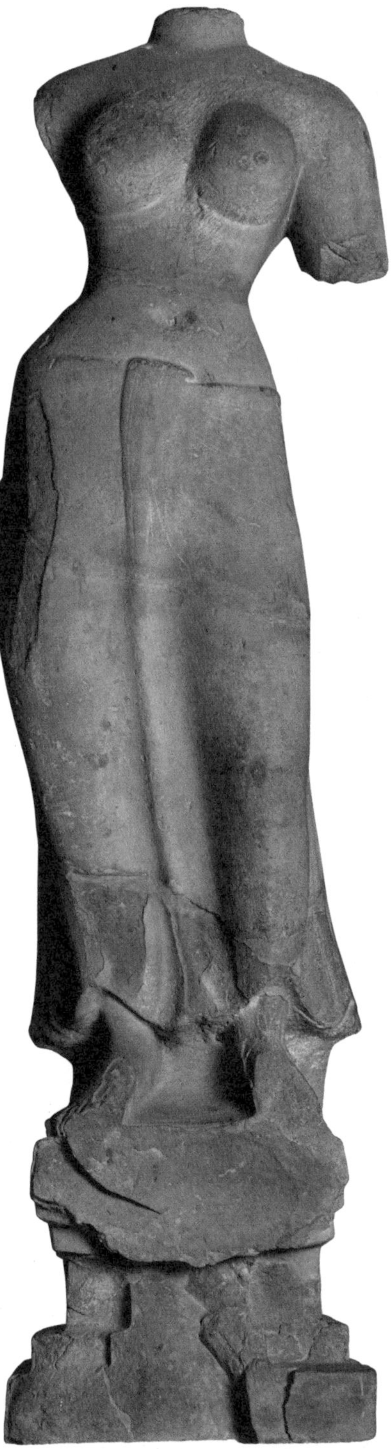

杜爾迦女神像。砂岩材質，高1.65米，7世紀真臘時期，三波坡雷古風格，發現於磅通省三波寺縣三波坡雷古建築群。柬埔寨國家博物館藏

訶梨訶羅神像。砂岩材質，高1.69米，7世紀初真臘早期，三波坡雷古風格，發現於磅通省三波寺縣三波坡雷古建築群。柬埔寨國家博物館藏

世界文化遺產三波坡雷
古建築群中保存完好的
磚石結構塔寺

左：三波坡雷古建築群中寺廟，寺牆上的雕刻清晰可見。
右：寺牆上雕刻的花紋和天神

左：世界文化遺產三波坡雷古建築群寺廟上的雕刻殘跡。下端依稀可見婆羅門修行者的形象。
右：世界文化遺產三波坡雷古建築群中保存完好的磚石寺廟

2. 水真臘的裂變和陸真臘的興起

伊奢那跋摩一世是一位非常注重與中國交往的國王。剛剛登上王位的時候，他就開始派遣使團到中國。中國史書《唐會要》用「累遣使朝貢」來形容貞觀年間由他派出的真臘使團的頻繁程度。然而，到了635年，伊奢那跋摩一世的遣使記錄突然消失了。他的離世留下了嚴重的繼承問題，沒有適合的子嗣能夠繼位，真臘的王權即將出現斷裂。這時，史書裏橫空出現了一位神秘的國王，縫補了歷史的縫隙。沒有人知道他從哪裏來，更沒有人知道他的身世和背景。這位國王有着與開國國王拔婆跋摩相同的名字，史稱拔婆跋摩二世（約639—657年在位）。有關他執政表現的資料很少，目前只找到一塊出自茶膠省的石碑。這塊石碑立於639年，說明拔婆跋摩二世此時仍然在位。至於從伊奢那跋摩一世去世到拔婆跋摩二世登基之間的幾年到底發生了甚麼，尚無法考證。

拔婆跋摩二世去世之後，他的兒子闍耶跋摩一世（約657—681年在位）繼承了王位。這位國王顯然對太陰、太陽兩大王族世系都懷有崇高的敬畏。他在太陰世系的聖地毘耶陀補羅和太陽世系的聖地瓦富寺地區都修建了寺院。這些寺院的建築和其中的雕刻以門楣上華麗的花簇造型著稱，被譽為「博雷柯美風格」。博雷柯美風格的造像以磅通省出土的一尊訶梨訶羅神像最為有名。高棉人認為，這尊造像體現了當時高棉圓雕藝術的最高水準。神像的身材比例非常符合高棉人的審美，身體的每個部份都雕刻得恰到好處。

在執政晚期，闍耶跋摩一世也為沒有合適的子嗣繼承王位所困擾。他做出一個打破王位

世界文化遺產三波坡雷古建築群中的林伽石

繼承倫理的決定，將王位傳給他的女兒闍耶提鞞。這一違背傳統的做法給闍耶跋摩一世的聲譽造成了極大的損害。吳哥時期的石碑當中，高棉國王們都刻意避免與他扯上任何關係。不僅如此，這件事還引發了更加嚴重的後果——真臘分裂了。在一塊713年立的石碑中，闍耶提鞞女王表達了對局勢的抱怨和無奈。

中國北宋史學類書《冊府元龜・外臣部》載：「（景龍[3]五年）六月丙子，文單國、真臘國朝貢使還蕃，並降璽書及帛五百匹賜國王。文單、真臘皆南方小國也，嘗奉正朔，職貢不絕，帝嘉之，故有是寵。」「文單」是真臘分裂後對北部陸真臘的稱呼。從史料來看，這個國家此時已經與真臘一同出現在朝貢的名單當中。無疑，此時的真臘已經發生了分裂。史料中的「真臘」其實是指南部的水真臘。真臘發生分裂的年份大約在707年至710年之間。713年，闍耶提鞞女王抱怨的正是國家分裂和王侯林立的時局。

《新唐書・南蠻列傳》載，真臘「神龍後分為二半：北多山阜，號陸真臘半；南際海，饒陂澤，號水真臘半。水真臘，地八百里，王居婆羅提拔城」。南部的水真臘後來繼續發生分裂，成了王侯競相角逐之所。在這些南部真臘的諸侯國中，最著名的王權中心在阿寧迭多補羅、商菩補羅和婆羅阿迭多補羅三座城市。阿寧迭多補羅的位置今天已經無法考證。七世紀初，這座城裏曾經出現過一位叫作「補什伽羅」的王公。他前往商菩補羅登基為王。商菩補羅位於今天桔井省湄公河左岸的松博遺址。在這裏曾經發現了一塊716年立的門碑，碑文中說：「補什伽羅讓牟尼哲人和最傑出的婆羅門建立補什伽羅娑神像。」

在阿寧迭多補羅城還曾出現過另一位名叫「婆羅阿迭多」的國王，這位國王與補什伽羅有着親緣關係。他用自己的名字命名了婆羅阿迭多王城。這座王城正是《新唐書》史料中提到的水真臘都城「婆羅提拔城」。這個政治實體在當時很可能控制着整個湄公河三角洲地區。在一些碑文當中，婆羅阿迭多將自己的身世追溯到扶南之初，與混填和柳葉聯繫在一起。

北部陸真臘的情況與水真臘截然不同。這裏保持了相對的統一，疆域範圍也比較固定。中國科學院歷史地理學家黃盛璋先生認為，陸真臘（文單國）東北與中國唐代驩州和霧濕嶺接界，北與南詔接界，西北及西和驃國相接，南則以巴沙地區（老撾）和水真臘分界，主要轄境在今天的老撾，西部和西北部還包括今天泰國的一部份領土。

陸真臘政權與中國唐朝保持了密切的聯繫，前往唐朝朝貢的使團甚至直接由其王族率領。唐玄宗天寶十二年（753年），文單國的王子率領隨從二十六人到達唐朝。唐玄宗冊封文單王子「果毅都尉」，並賜予紫金魚袋，還讓王子跟隨大將何履光遠赴雲南征討南詔國。

這是歷史上首次高棉王族親自率團朝貢的記錄。而且，高棉王子竟然應唐玄宗的邀請隨軍出征，足可見兩國之間互信之深。到了唐代宗大曆六年（771年），文單王族再次率團朝貢。文單王婆彌等二十五人來朝，獻馴象十一頭。唐代宗在三殿之上宴請了文單王一行，還冊封文單王為「開府儀同三司」和「試殿中監」，並賜漢名「賓漢」。

前後相隔十八年，文單王族的兩次來訪，使團規模大體相當，唐朝皇帝的接待規格一次高過一次。真臘時期的高棉社會已經發生了很多變化。出自716年立的補什伽羅門碑透露出一種傾向，高棉文明開始發展出「以人為神」的王權認同。而且，真臘也開始出現對大乘佛教觀自在菩薩的崇拜。這兩點傾向一直向吳哥時期延續，並對吳哥的統治哲學和國王的信仰偏好產生了深遠的影響。

世界文化遺產三波坡雷古建築群中保存得較為完好的塔寺

世界文化遺產三波坡雷古建築群寺院遺址內部景象

肆

雄偉的吳哥王國

九世紀初——十五世紀上半葉

「吳哥」的意思是城市，源自梵語詞彙「Nagara」。按照婆羅門教的解釋，能稱之為「Nagara」的地方周邊要有叢林，要有河流，要有各國商人雲集。《真臘風土記》作者，元代的周達觀則將「吳哥」稱為「州城」，也就是都城。在闍耶跋摩二世（802—850年在位）統一水陸真臘之後，他的後人為這座城市奠定了基礎。在扶南、真臘雄厚的文明積澱和支撐下，吳哥王城雲集了古代高棉最為俊秀的雕刻和最為巍峨的寺院。

1. 王國的建立和林伽的膜拜

真臘王國南北的長期分裂導致高棉民族軍力渙散，內部爭鬥此起彼伏。南島上虎視眈眈的外族覓得了劫掠半島的良機。八世紀末，居住在爪哇島的夏連特拉王朝人橫渡南海，襲擊了水真臘的商菩補羅城。然而，地緣上的遠隔令爪哇人很難長期統治這座城市，這給高棉人的反擊留下了空間。在民族危難之際，一位高棉領袖脱穎而出。他是高棉民族的救星，也即將成為吳哥王國的奠基人。

這位高棉領袖是闍耶跋摩二世。他是一位從爪哇回國的高棉人，因此他的身世曾引發諸多猜疑。一種説法認為，他的祖輩是扶南時期的貴族，為了躲避真臘的入侵而避難於爪哇。也有人認為，他的祖上曾在夏連特拉的劫掠中當了俘虜，被帶到爪哇，為此他不得不前往爪哇表示臣服。

無論真相如何，闍耶跋摩二世在九世紀初回到了真臘，開始收拾滿目瘡痍的河山。802年，他在古蓮山上舉行了祭祀儀式，向天下昭告王權。這個儀式被命名為「提婆羅闍」儀式，也就是「神王儀式」。儀式遵從了婆羅門教的古典儀軌，也造就了以國師為中心的顯赫家族。最初的「提婆羅闍」儀式由當時的國師濕婆黛伐利亞主持，而國師主持儀式、唯國師的家人參與儀式的做法成為後世帝王無不尊崇的禮法和傳統。

神王儀式為高棉國王確立了新的王權。一方面，國師在儀式中宣告爪哇宗主身份的終結和高棉王權的獨立；另一方面，儀式對高棉王權進行了重新定義。從此以後，國王不再是下凡到摩耽山的神明的代理人，王權不再是經由神授的賜予品，國王就是神明本身，國王的王權就是神權，聖諭就是神旨。那麼，子民們遵從聖旨就是在敬天神，就是在修善業。

「提婆羅闍」是儀式的核心器具，是被賦予神性的王權象徵。「提婆」是神明，「羅闍」是國王。在外形上，「提婆羅闍」由林伽和約尼組合而成。林伽是男根，表現為直立的石柱或金屬柱；約尼是女陰，是磨盤形的底座。林伽與約尼的組合象徵着濕婆神的男根和濕婆妻子烏瑪的女陰。傳說濕婆神為了試探在森林中苦修的仙人，曾化作英俊的瑜伽道人前去引誘他們的妻子。當仙人們得知道人的行徑以後，一個個怒不可遏，一起施法割去道人的睾丸以示懲戒。這時，道人突然消失，宇宙立即發生震動。仙人們這才意識到自

暹粒省吳哥古建築群古蓮山（亦譯荔枝山）水中林伽石雕刻群

柏威夏省高蓋古建築群中的林伽石

人面林伽。砂岩材質，7—8世紀真臘時期，出土於茶膠省菩提梅德寺。柬埔寨國家博物館藏

已過激的行為已經冒犯了濕婆大神，於是一起向濕婆神的妻子烏瑪祈求，請她規勸濕婆神，讓世界恢復原狀。在光明女神烏瑪的幫助下，濕婆神終於答應了仙人們的請求。但濕婆神提出一個條件，他要求仙人們每天都膜拜他的男根造像，作為修行中最重要的祭司內容。

喜馬拉雅山脈的凱拉什山[4]一般被認為是濕婆神的修行之地。因此，在完成對「提婆羅闍」的祭祀以後，闍耶跋摩二世還需要精心挑選供奉「提婆羅闍」的地點。而這個地點則象徵着神聖的凱拉什山。所以，供奉「提婆羅闍」的地方要麼被設在最適合的山巒之上，要麼被設在一座大如山巒的山寺之上。事實上，在實際操作的過程中，供奉「提婆羅闍」的地

巴戎寺的浮雕上清晰地雕刻着吴哥時期高棉人膜拜的
林伽石和禮敬婆羅門修士的場景

羅洛建築群中的巴孔寺

點選擇往往有着更深一層的含義，那就是對須彌山的想像，這使得王權的象徵物一定要被供奉在王城的中央，而供奉的地點同時也象徵着整個宇宙的中心。古蓮山上的阿拉姆隆貞寺就是闍耶跋摩二世主持修建的第一座山寺。這裏面供奉着一尊造型別致的濕婆林伽。

從此以後，由闍耶跋摩二世開創的王權認同和祭祀儀軌便成為吳哥歷代國王因循遵守的傳統。「提婆羅闍」成為王國中最神聖、最崇高的器物。吳哥時代的高棉國王都會鑄造屬於自己的「提婆羅闍」。無論王都遷到哪裏，都不會拋棄這個王權聖物。闍耶跋摩二世就曾帶着自己的「提婆羅闍」一起離開古蓮山，回到古老的都城訶梨訶羅耶城，即現在的羅洛建築群。同樣，吳哥的國王也都冀望修築屬於自己的山寺。於是，羅洛建築群中的巴孔寺，巴肯山上的巴肯寺，柏威夏省的高蓋寺，吳哥王城中的巴戎寺、披梅那卡寺、巴芳寺等，便一座接一座地出現在吳哥王城當中了。

神牛寺

神牛寺中的神牛造像。神牛南迪是濕婆的坐騎，古高棉人常造就與神祇相聯繫的形象來表達對神祇的崇拜。

羅洛建築群神牛寺中的侍衛浮雕

闍耶跋摩二世是吳哥的第一位王者。他開啟了吳哥時代，鑄造了「神王合一」的圖騰和想像。吳哥王和國師祭司負責奉養「提婆羅闍」，而吳哥的子民也堅信擁有「提婆羅闍」的國王一定能蔭庇一方幸福。但是，吳哥的國王深深地知道，現實當中真正滋養萬物的是水，是那一片廣袤無垠、初生萬物的「鹹海」。

2. 吳哥時代的人工湖

「鹹海」來自梵語「Samutra」，意思是眾水源匯聚之地。婆羅門教認為，須彌山立於鹹海之中，而宇宙的最高神則在須彌山頂關注世間萬物。「提婆羅闍」儀式讓吳哥獲得了「神王合一」的想像，也讓吳哥的國王們擁有了兩個身份的記號——天神和王者。吳哥時代的高棉國王個個深諳婆羅門經典，那些創世神話啟發着他們將吳哥建設成一座聖城。在這裏，須彌山匯聚天神靈氣，而鹹海則滋養世間萬物。因此，「鹹海」的概念除了蘊藏着宗教的心理需求，還具有更加重要的現實意義。從這個角度來看，每一位鹹海的締造者既富有理想，又照顧現實。

吳哥時代最早的鹹海出現在九世紀的後半葉。第三任吳哥王因陀羅跋摩一世（877—889年在位）主持修造了一座大型的人工湖。國王用自己的名字為它命名「因陀羅達達格」，意為因陀羅湖。這座湖湖面呈矩形結構，全長3,000米，寬800米，位於古都訶梨訶羅耶城之北。在宗教意義上，它是鹹海；而在現實意義上，它是王城的蓄水池。這座湖與附近的羅洛河相通，在不同的季節展現出泄洪和倒排的水利功能，如同洞里薩湖一般。

因陀羅跋摩一世的繼承人耶輸跋摩一世（889—900年在位）在父親締造的鹹海中央修建了一座寺院。寺院中矗立起四座石塔，分別供奉着因陀羅跋摩一世及王后和國王的外祖父母。有趣的是，先祖的神像被巧妙地與天神造像結合在一起。每每舉行祭祀儀式，耶輸跋摩一世通過膜拜神像，既表達了對天神的崇拜，又寄託了對先人的緬懷。這座洛萊寺為吳哥時代的建築確立了一個傳統，即要在鹹海的中央修建寺院。

耶輸跋摩一世自己也興建了一片鹹海，名為「耶輸陀羅達達格」，

高蓋古建築群中的石塔

意為耶輸陀羅湖。這座人工湖雖是吳哥時代的第二片鹹海，但卻是吳哥王城裏的第一片鹹海。這裏被今天的人們稱為「東巴萊」。東巴萊位於吳哥地區的東北部，緊鄰暹粒河。這座耶輸陀羅湖的規模遠遠超過了先前的因陀羅湖。它的湖面全長 7,000 米、寬 1,800 米，湖面面積是因陀羅湖的五倍多。如今，東巴萊的湖水早已乾涸，只留下湖岸的輪廓和一些精舍遺蹟依稀可見。

921 年，闍耶跋摩四世（928—941 年在位）篡奪了吳哥的王權，在距離王城東北近千米的高蓋地區修建新的王城。由於篡位行徑違背了吳哥時期的禮法和傳統，這位國王的一生都在用修築寺廟的方式來證明自己的能力和統治的合法性。在他的治理下，高蓋地區也出現了一座人工湖——拉哈爾巴萊。

然而，篡位者的血脈並沒能長期延續下去。闍耶跋摩四世的兒子曷利沙跋摩二世（941—約 944 年在位）在高蓋的統治僅延續了短短的三年，便神秘去世。新任的吳哥王羅貞陀羅跋摩（約 944—968 年在位）是一位有着耶輸跋摩一世血統的正統繼承人。他即位以後，傳統得以恢復，都城也遷回吳哥王城。952 年，他為耶輸陀羅湖補建一座寺院——東梅奔寺，這是他建的第一座山寺。該寺由三層台基和五座石塔組成，寺院的中央主塔供奉着國王的「提婆羅闍」，其餘四塔呈梅花造型將主塔護在中間。在外圍的四座石塔裏分別供奉了以國王父親、母親為原型的濕婆和烏瑪神像及毘濕奴、梵天的神像。大概是因為全寺被湖水團團環繞，舉行祭祀非常不便，羅貞陀羅跋摩又在耶輸陀羅湖的南岸興建他的第二座山寺——變身寺[5]。這座寺院同樣也是典型的五塔結構，除了在中央塔和東北塔裏分別供奉

高蓋古建築群中寺廟的石門

高蓋古建築群中被古樹纏繞的塔寺

高蓋古建築群遺址

東梅奔寺中心石塔

方位象矗立在東梅奔寺的四角

着兩尊國王林伽外，耶輸跋摩一世和耶輸跋摩一世母親的神像分別被供奉在另外兩座石塔內。

1050年，吳哥王城裏出現了第二片鹹海。優陀耶迭多跋摩二世（1050—1066年在位）在王城西部修建了一座規模更加宏大的人工湖——西巴萊湖。這座湖全長8,000米，寬2,200米，蓄水水量達5,000萬立方米。在湖中心的小島上，優陀耶迭多跋摩二世建造了西梅奔寺。寺院中供奉着一尊著名的青銅毘濕奴臥像，這尊臥像如今已經殘缺不全，被收藏在柬埔寨國家博物館裏。這尊臥像或許呈現出國王對宗教的某種偏好，因為看到它，人們會很自然地將西巴萊湖與婆羅門教那羅延[6]創世神話聯繫在一起。正如《那羅延歌》裏詠唱的那樣：

一位名為那羅延的大神居於水中，
從他的肚臍處生出一枝蓮花苞，
花苞向外散射着永恒不滅的火焰，照亮四方宇宙。
就在這團火焰的中心處，
端坐着至高無上的神王梵天……

吳哥王城的最後一片鹹海修建於十二世紀末十三世紀初。由於它位於王城的北部，《真臘風土記》作者周達觀將它稱為「北池」。北池也叫「闍耶達達格」，也就是闍耶湖，由闍耶跋摩七世（1181—約1218年在位）主持建造。與前人修建的湖相比，這座湖的規模要小得多。湖面全長3,700千米，寬僅900米。在古時，湖水的深度可達到3米至4米，但現在只剩下一片廣闊的灘塗。這座湖的中心有一座350米見方的小島，島上寺院的宗教主題卻與其他鹹海迥異。

這是因為闍耶跋摩七世是一位虔誠的大乘佛教信

那羅延側臥青銅像。
高1.22米、寬2.22米，11世紀下半葉吳哥時期，巴芳寺風格，發現於暹粒省吳哥古建築群西梅奔寺。柬埔寨國家博物館藏

巴南寺。寺廟位於馬德望省巴南山上，建成於11世紀。

崩密列寺中的五頭那伽

崩密列寺。位於古蓮山以東，距離暹粒城約 77 千米，是蘇利耶跋摩二世時期的建築物，屬於吳哥寺風格，是一座用以膜拜毘濕奴的婆羅門教寺院。寺院使用砂岩修葺而成，寺院的名字取意「花簇之湖」。

暹粒省吳哥建築群闍耶湖湖景

徒，島上的寺院自然也尊崇了大乘佛教主題。這座寺院的中央有一座水池，水池的結構很明顯參考了佛教教義中南瞻部洲的阿耨達池。由於阿耨達池是南瞻部洲的四大河發源地，東口流出恒河，南口流出印度河，西口流出縛芻河，北口流出徙多河，因此水池在四個方向也修建了四個出水口，水流分別從出水口處的人口、獅口、象口和馬口中流出。另外，阿耨達池中還居住有龍王，古高棉人便在水池中央的主塔上雕刻了盤踞的那伽龍王造像，並據此將這座寺院命名為龍蟠水池，也叫尼奔寺。

1911 年，人們在闍耶湖東邊的聖劍寺[7]裏發現了一塊石碑。石碑的碑文詳細解釋了尼奔寺的職能：

凡與接觸之人，
所有罪惡之泥，
皆將蕩滌潔清，
慈航普度。

不難看出，古高棉人認為尼奔寺的池水具有洗滌污穢、祛除疾病的功效。這座寺院其實是闍耶跋摩七世時代的王家藥池。水池周邊劃出的數塊四方形土地正是高棉藥師當年種植草藥的方田。在中央水池中，古高棉工匠還雕刻了造像講述「飛馬救難」的典故。觀世音菩薩化身飛馬巴拉哈從水中馱起水手，遠離唐木拉特維巴（古代的錫蘭島）的惡魔，普度眾生於危難疾苦之中。

在古高棉人看來，吳哥王是神，他們是宇宙正法的捍衛者。吳哥王也是王，他們是國家安寧的保護者。吳哥時代的高棉國王有義務保護農業種植風調雨順，免遭洪澇、乾旱等自然災害的破壞。因此，古高棉人會將修造人工湖視為國王的功績。這些人工湖連通大湖、城市、農田、河流、護城河，既形成了水利網，又構成了交通網。為了修建大型寺院而出現的石料運輸的難題在這些水網面前變得簡單易行，吳哥寺就是受益的寺院之一。

暹粒省吳哥古建築群尼奔寺中央塔及飛馬救難像

3. 吳哥寺——毘濕奴世界

吳哥窟在全世界早已久負盛名。然而，一座氣勢恢宏的石砌寺院為何被叫成了「窟」？原因出在吳哥地區生活的大量華人華僑。他們雖然離開祖國，在吳哥生活，但依然保留着閩粵的說話習慣和口音。在閩粵方言裏，高棉語「Angkor Wat」就被唸成「吳哥窟」。久而久之，便約定俗成了。事實上，嚴格按照高棉語翻譯的話，吳哥窟應該被稱作「吳哥寺」更加貼切些。

吳哥寺的建造者是蘇利耶跋摩二世（1113—1150年在位）。這是一位異常勇武的吳哥王，曾被西哈努克譽為「高棉的拿破崙」。這位國王有着極強的權力慾和佔有慾。為了獲得吳哥王位，他不惜與自己的祖輩兵戎相見。從碑文上看，那場發生在祖孫之間的戰鬥非常慘烈，蘇利耶跋摩二世「跳上敵王大象的頭部，像神鷹迦樓羅猛撲到山頂殺死那迦蛇那樣，殺死了敵王」。在贏得王權以後，他又開始對鄰國大越[8]、占婆用兵。在蘇利耶跋摩二世統治時期，吳哥的軍隊曾經佔領占婆都城佛誓[9]長達五年之久。在這個時期，吳哥王權的勢力範圍最遠延伸到了蒲甘和馬來半島。蘇利耶跋摩二世在瓦富、柏威夏、吳哥等地豎起石碑，修建寺院，彰顯着他的每一次勝利和越來越強大的權威。在眾多的寺院當中，吳哥寺是那個年代的巔峰之作。當時的吳哥寺是一座婆羅門教主題寺院，它還有着另外一個名字：毘濕奴世界。

吳哥寺位於今天的大吳哥王城以南，巴肯山以東。全寺東西長1,500米，南北寬1,300

米，類四方形結構。全寺的外圍由寬約 200 米的護城河圍繞和保護着。寺院是典型的山寺，共有三層台基。每層台基上又建有環繞的迴廊。最外圍的迴廊是著名的浮雕迴廊。這層迴廊東西長 215 米，南北寬 187 米，離地高約 3.5 米。第二層迴廊東西長 115 米，南北寬 100 米，高出地面 7 米。最內層迴廊是 75 米見方的正方形結構。第二和第三層迴廊的四個角上分別立有菡萏寺塔四座。吳哥寺的中心塔位於全寺的正中央。這座塔高 42 米，離地 65.5 米，寓意須彌山。

由於中心塔與第三層迴廊的四座菡萏塔距離較近，遠遠望去，五座塔組成了巍峨矗立、錯落有序的結構組合，是全球攝影愛好者鍾愛的景致。如今，柬埔寨王國國旗上的三塔圖案即出自吳哥寺的中央五塔結構。每年的春分時節，如果能在日出的時候站在吳哥寺的中央主幹道上進行觀察，可以看到太陽從中心塔冉冉升起的壯美景象。在第一層迴廊與第二層迴廊之間的空地上，有兩座藏經閣對稱

吳哥寺浮雕中的蘇利耶跋摩二世形象

暹粒省吳哥建築群吳哥寺浮雕迴廊。圖為蘇利耶跋摩二世的軍隊。

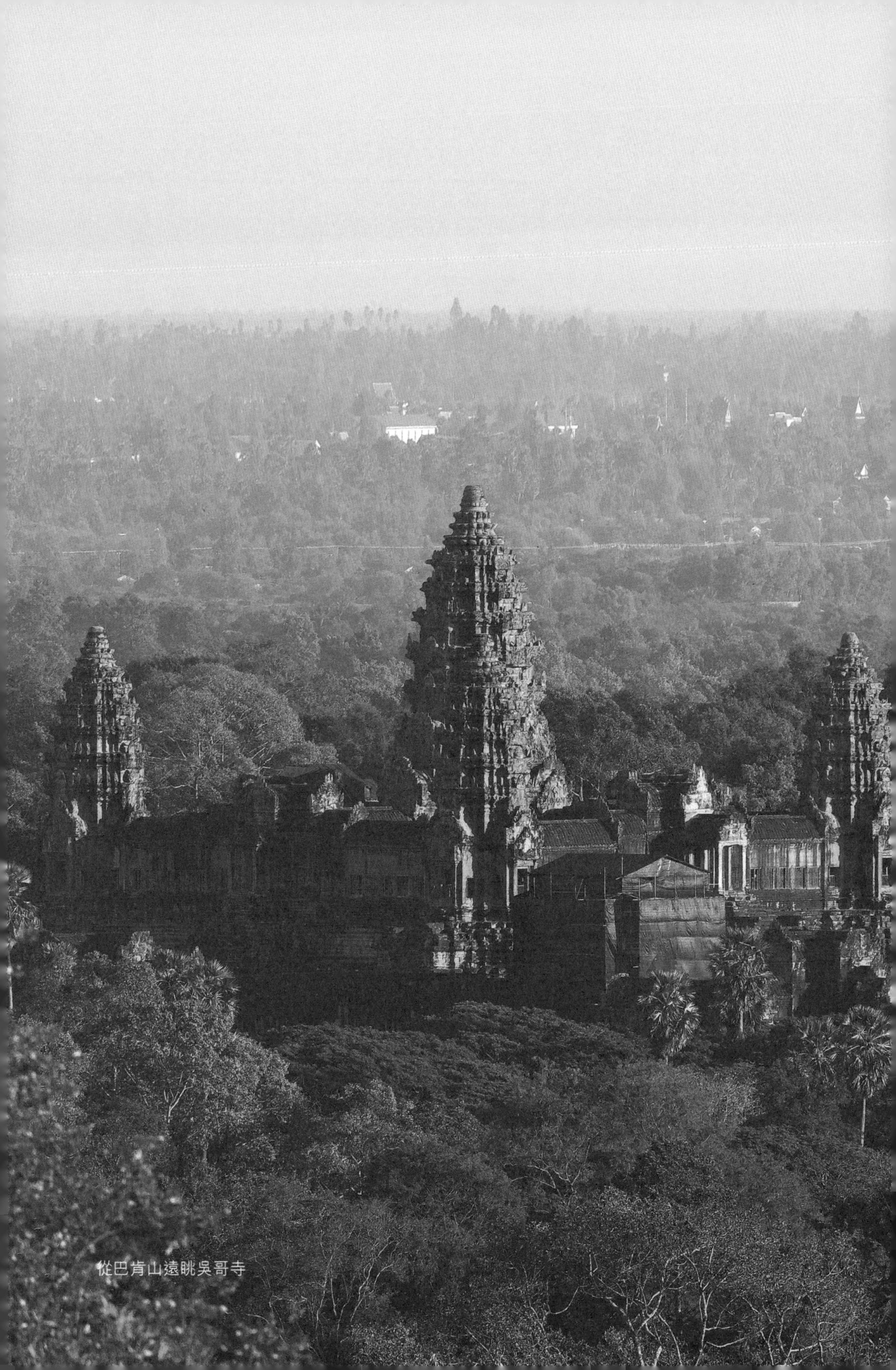

從巴肯山遠眺吳哥寺

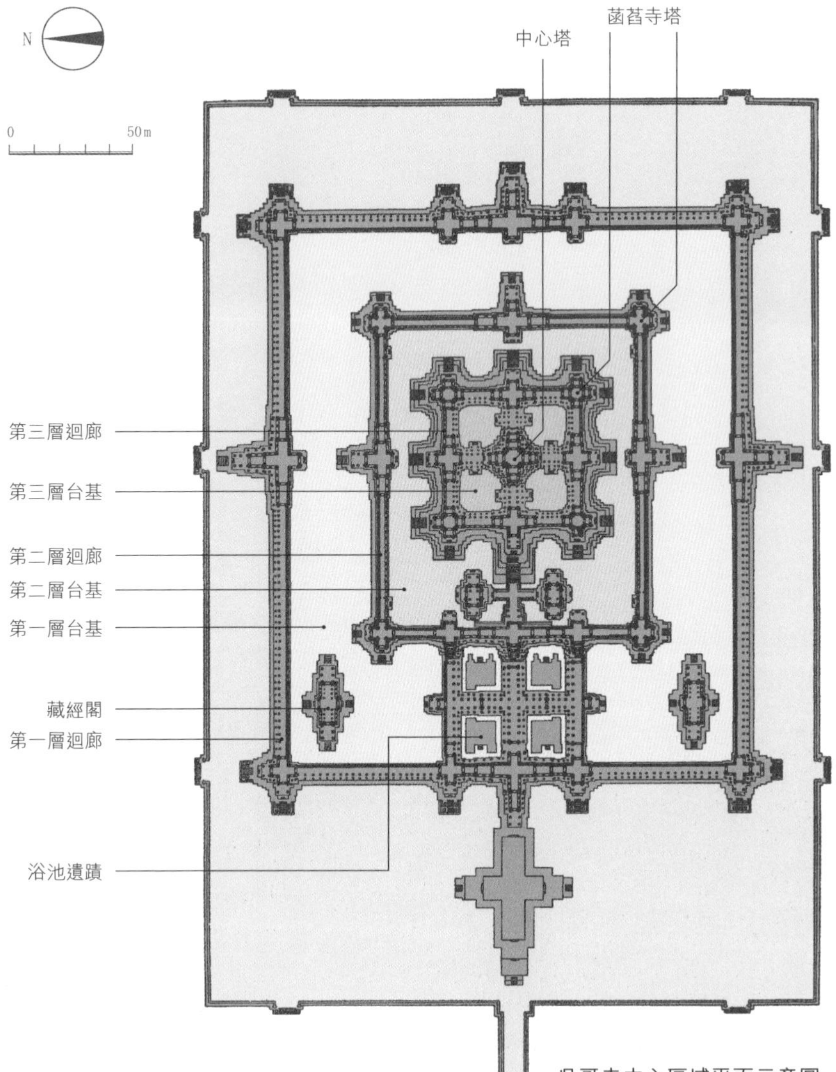

吳哥寺中心區域平面示意圖

金邊王宮內的吳哥寺微縮模型

地立於主幹道南北。這兩座藏經閣由砂岩搭建而成。在古代，它們的內部用木材進行了裝修，每座藏經閣裏都擺藏了大量的古籍和經典。但是，經過千年的風化腐蝕，如今呈現在人們眼前的只剩下主體的岩石結構。

除了兩座藏經閣，吳哥寺的其餘部份也是砂岩建造的。修建寺院的石材全部採自吳哥王城以北的聖山古蓮山上。大塊的石材從古蓮山上被開採下來以後，通過吳哥王城裏發達的水道網絡進行運輸。這些石料經由暹粒河和其他水路抵達吳哥寺附近的港口，再通過大象或人力運達修建地點。

竣工後的吳哥寺金碧輝煌。聳立的九座菡萏寺塔、迴廊頂部和幹道扶手全部被貼上了金箔。當年在中心大塔內，供奉着一尊威風凜凜的毘濕奴像。這尊造像中的毘濕奴神正騎在坐騎金翅鳥之上。從中可看出，蘇利耶跋摩二世雖然也是婆羅門教的虔誠信徒，但是他的信仰偏好與以往的吳哥王有很大差別，他更崇尚對毘濕奴神的膜拜。因此，他打破了使用林伽石代表「提婆羅闍」的傳統，

吳哥寺內的藏經閣。其中的木質結構已經風化朽蝕，僅留下石質構架。

左下及右：吳哥寺中的浴池結構

第120、122-123頁：吳哥寺內隨處可見的阿普薩拉仙女浮雕。阿普薩拉仙女被譽為天界最美的舞者。

轉而使用毘濕奴神像來代替林伽石。於是，這尊毘濕奴神像便被奉為「毘濕奴羅闍」。這個時期，它與林伽石一樣，也是王權的象徵和國之重器。

事實上，蘇利耶跋摩二世雖然主持修造了吳哥寺，卻沒能等到寺院完工。整座寺院花費了將近九十年的時間才修葺完成。十三世紀初，在這位國王去世將近五十年後，他才被移葬到吳哥寺裏。在寺院的浮雕迴廊中不難找到一些十分倉促的雕刻痕跡，有些甚至還沒有完工，這或許是因為他的去世過於突然，完全出乎工匠的意料。國王的早逝讓這座寺院的用途發生了劇烈的變化，加之吳哥寺採用了反傳統的正門朝西結構，更使得全寺的建造目的撲朔迷離。

在婆羅門教看來，東方是屬於天神的方位，大門朝向東方敞開是為了迎接天神。與此相反，西方是太陽落下的方向，象徵着世界重回苦寒，預示着死亡的來臨。因此，吳哥地區的大多數寺院都採用了正門朝東的結構。吳哥寺反傳統的設計說明了這座寺院是國王的陵墓無疑。但在蘇利耶跋摩二世還健在的時候，吳哥寺也承擔了國王山寺的職能，國王將自己的「提婆羅闍」供奉其中。

與此同時，寺院浮雕迴廊的造像還採用了逆時針的雕刻順序。這不是一種吉祥的設計，因為只有順時針方向才是與天神同行的方向，逆時針預示着某種不祥。朝拜的人沿着浮雕迴廊的方向似乎慢慢地走向某種秩序的終結。不過，在高棉文明裏，終結絕不是一切的結束，而是一切新生的開端。

吳哥寺是一個充滿着精美浮雕的世界。全寺數量最多的造像是婀娜多姿的仙女阿普薩

吳哥寺中光影斑駁的一層迴廊

吴哥寺的迴廊和台階

吳哥寺迴廊浮雕描繪的大型史詩神話《翻攪乳海》

拉。在寺院的牆壁上、石柱上，身材勻稱、儀態萬千的阿普薩拉隨處可見。她們是天生的舞者，只為天神翩翩起舞。她們所在的地方是天界，而毘濕奴世界正是當時高棉人心目中的天界。阿普薩拉來自「乳海」，誕生於一場驚天動地的神魔協作。在吳哥寺的浮雕迴廊中，有一幅著名的巨型浮雕展現了這部來自印度的史詩神話：《翻攪乳海》。

上古時期，天神在戰爭中被阿修羅打敗，一蹶不振。因陀羅、伐樓拿帶領眾天神前往須彌山頂向梵天求助。梵天注意到天神的萎靡和阿修羅的強大，決定幫助天神向至高的毘濕奴求助。毘濕奴向梵天、濕婆和眾天神給出提示，要他們與阿修羅聯盟，共同找尋永生的神藥。神藥在乳海的深處。要得到神藥，就要先往乳海裏投入草藥，再用曼陀羅山作為攪棒、以那伽龍王婆蘇吉的身軀作為攪索攪拌乳海。要讓阿修羅分擔天神們的辛勞，最後由天神享受使人得以永生的神藥。天神聽罷毘濕奴的教

「翻攪乳海」主題浮雕的中央，從上至下分別為因陀羅、毘濕奴和龜王俱利摩。龜王俱利摩是毘濕奴十大化身之一。

誨，便去拜訪阿修羅的首領缽利。天神一邊用溫和的言語取悅缽利，一邊講述了最高神毘濕奴的提議。於是，天神與阿修羅達成一致，為了尋得神藥而同心齊力。天神和阿修羅一齊拔起曼陀羅山，負重遠行。然而，曼陀羅山十分沉重，天神和阿修羅體力不支，險些在中途放棄。幸虧毘濕奴騎金翅鳥及時出現，金翅鳥代替天神和阿修羅將曼陀羅山運抵乳海邊。

天神和阿修羅又請來那伽龍王婆蘇吉。他們向婆蘇吉許諾用一部份神藥作為報答，婆蘇吉便前往乳海，纏繞在曼陀羅山上成為攪拌的攪索。正當攪拌即將開始之際，阿修羅提出要與天神對換站立的位置，由天神抓住龍尾，阿修羅把持龍頭。天神同意了阿修羅的提議。翻攪開始以後，阿修羅發現他們失算了。那伽龍頭會噴射出炙熱的火焰烘烤阿修羅，但在龍尾的天神卻享受着扇動帶來的徐徐清涼。

翻攪中，沉重的曼陀羅山開始漸漸向海底下

沉。天神和阿修羅眼看將無法控制，這時，毘濕奴化身龜王俱利摩，潛入海中托起了曼陀羅山。天神和阿修羅看到曼陀羅山重新升起，便重整旗鼓，繼續翻攪。曼陀羅山在龜王的背殼上旋轉。

隨着翻攪持續了一千年，各種奇珍異寶漸漸從充滿着摩羯、蛇類、龜類、鱷魚、大海魚的乳海中湧現了出來。首先出現的是一種名叫哈勒訶勒的毒藥。它離開海水之後，急速向外擴散。為了不讓毒藥毀滅三界，濕婆神迅速將毒藥喝下。毒藥在他的喉嚨處留下了青色的印記，因此濕婆神也被稱為「青喉者」。隨後，「祭品的承載者」神牛從海中誕生了，一匹名為烏剎室羅婆的白馬也誕生了。阿修羅的首領缽利想得到白馬，因陀羅也想得到牠。但是毘濕奴教誨因陀羅不要動心，因陀羅遵從了。象王埃拉多誕生了，以牠為首的八頭方位象也隨即現身。接着出現了以阿普羅慕為首的八頭母象。寶石喬濕圖跋從海中出現，毘濕奴擁有了它。水中又誕生了身着美衣、佩戴金飾的仙女阿普薩拉。吉祥天女緊隨其後，她選擇毘濕奴作為自己的丈夫。酒之女神伐樓尼也出現了，她被阿修羅帶走。最後出現的是醫神檀文陀利，他的手中托舉着盛滿神藥的罐子。

阿修羅飛快地搶走了罐子。天神非常沮喪，向毘濕奴求助。毘濕奴便化身美女摩西妮，迷惑了阿修羅。摩西妮奪走神藥，讓天神喝下。這時，一個名叫羅睺的阿修羅化身天神，混跡在勝利的隊伍當中。他也跟着天神們喝下神藥，但是很快就被月亮神和太陽神揭發。於是，毘濕奴用鋒利的時輪砍下他正在痛飲神藥的頭顱。他的身體隕落毀滅了，但頭顱卻因為喝過神藥獲得了永生，梵天將他化作星空中的一曜。傳說在月亮的週期中，羅睺的頭顱為了復仇追逐着日、月奔跑，形成了日食、月食的天象。看着天神分享神藥，氣急敗壞的阿修羅向天神發起了戰爭。喝過神藥的天神勇猛異常，他們一鼓作氣，打敗了阿修羅，從此恢復了天界的平靜[10]。

周達觀在《真臘風土記》中也記錄了自己造訪毘濕奴世界時的印象。奇怪的是，他稱這裏為「魯般（班）墓」，想必在他看來，毘濕奴世界與中國也存在着某種聯繫。無獨有偶，柬埔寨的一則民間傳說已經將毘濕奴世界和中國聯繫到一起了。

傳說中國有一位年逾五旬的老翁名叫林森。由於貧窮，他欠下大量外債。無奈之下，林森只能在債主的家裏幫工。依照債主的吩咐，他在湖邊開闢了一片土地，用來種植莊稼。

一日，天宮的五位仙女下凡遊玩。她們被莊園裏盛開的花朵吸引住了。其中一位仙女從老翁的莊園裏摘下六朵鮮花賞玩。執掌天界的大神因陀羅得知此事，責怪仙女違背了正法，懲罰她下凡到人間，給老翁林森當六年的妻子，過凡人的生活。於是，仙女下凡與老翁成婚。

仙女懂得紡紗織線，老翁與仙女的家庭很快擺脫了貧困。一年以後，仙女為老翁生下了一個兒子。這個孩子生性好動，天賦異稟。他會爬的時候，就能挖土製作泥牆；能坐起來的時候，就能用泥土捏成人偶和動物了。於是，仙女給他取名毘首羯摩，意為製造一切。毘首羯摩五歲的時候，仙女下凡期限已到，便拋下老翁和孩子，回天宮去了。

在這個時期，甘布遮王國的大臣們正苦於無人繼承王位。老國王仙逝，卻沒有留下子嗣。大臣們商議後，決定讓大象來選擇新任的國王。他們約定，大象在誰的面前跪下，並將

吳哥寺浮雕上清晰地雕刻着印度史詩《羅摩衍那》中十首魔王羅波那的形象

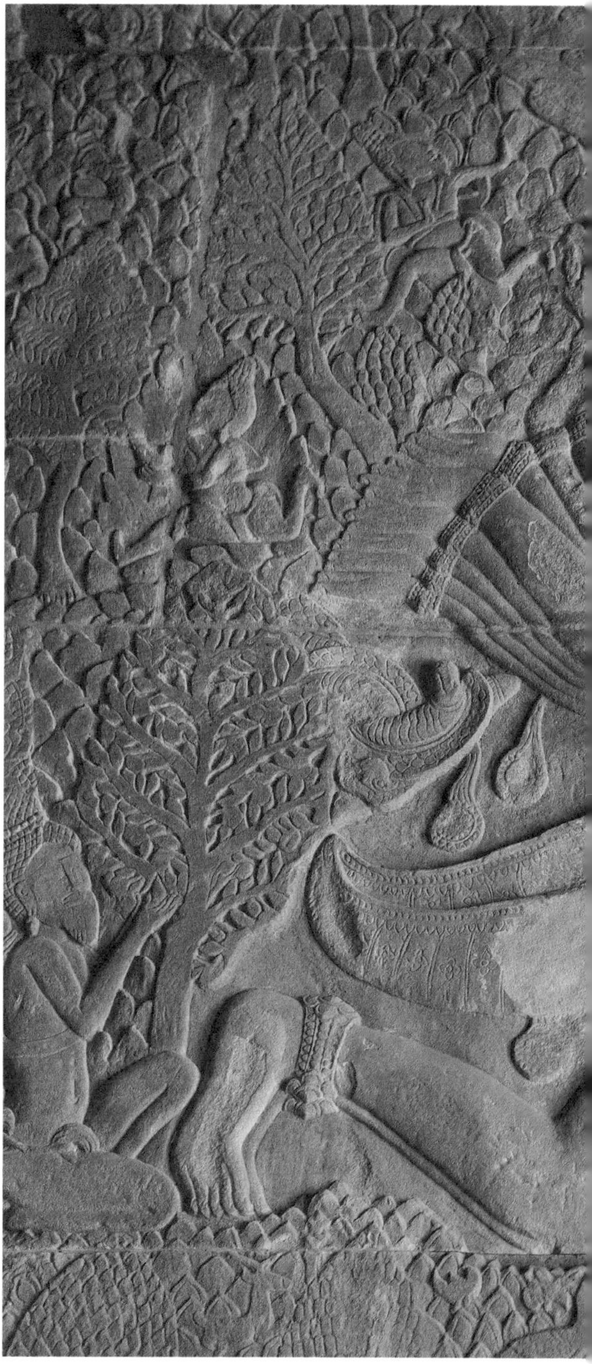

此人托舉至頭頂，就立誰為王。最終，大象選中了一對夫婦。大臣們便如約為這對夫婦舉行了加冕儀式。丈夫成為柬埔寨的國王，而妻子則成為王后。然而，加冕以後的很長一段時間裏，這對夫婦也沒有生下一男半女。因陀羅得知此事，決定幫助他們。他化作一道強烈的光芒，並將一束花簇拋向王后。不久，王后誕下一子，取名凱多姆拉，以紀念花簇異象。

一個偶然的機會，仙女與長大成人後的毘首羯摩相認了。仙女徵得因陀羅的同意，將毘首羯摩從人間帶到了天宮，她讓毘首羯摩在天宮學習建築和雕刻技法。毘首羯摩的技藝每日精進，因陀羅看在眼裏，心中牽掛起自己在甘布遮生活的「兒子」凱多姆拉。於是，他也下凡將「兒子」帶回天宮，領着他環遊天界的各個宮殿。但是，這個孩子畢竟是肉體凡胎，不能留在天宮。因陀羅便在人間劃定一片區域，定為柬埔寨王國，送給「兒子」統治。他還許諾為「兒子」在王國裏修建任何他想要的宮殿。

凱多姆拉回到人間以後，因陀羅便命令毘首羯摩建造一座宮殿送給他，這座宮殿就是「毘濕奴世界」。凱多姆拉對毘濕奴世界十分滿意，便委託毘首羯摩建造更多的寺院。但是，時間一長，凱多姆拉與毘首羯摩之間就萌生齟齬。一日，他告知毘首羯摩，毘濕奴世界裏有一座塔彎了。毘首羯摩沒把此事放在心上，只是讓他去找個女人用瓢敲打一下便可。凱多姆拉頓感不悅，認為毘首羯摩是在戲弄自己。但他讓人用瓢敲打寺塔之後，彎曲的寺塔竟果真復原了。不久，凱多姆拉又交給毘首羯摩一些生鐵讓他為自己打造一把王劍。毘首羯摩將生鐵熔化，打造出一把鋒利異常的短劍。如果拿這把劍切割陶碗，陶碗雖然被切斷，但碗中的水卻不會漏出半滴。然而，凱多姆拉嫌王劍太小，開始懷疑毘首羯摩可能從中剋扣了生鐵原料。毘首羯摩一怒之下將王劍扔進了洞里薩河。他心灰意冷，回到中國，發誓再也不回柬埔寨了。

這則傳說大約流傳於十二世紀中葉。其中的主要人物毘首羯摩取材於同名的印度工匠之神。周達觀在吳哥遊歷的時候已是十三世紀末，他很可能聽聞過這則傳說。因此，當他漫步於毘濕奴世界的時候，鬼斧神工的建築形制和雕刻技巧成為聯繫中柬兩國文明的銜接點。雖然公輸班與蘇利耶跋摩二世在時間上不可能存在任何交集，但是公輸班的技能卻完全能與故事中建造毘濕奴世界的毘首羯摩相提並論。周達觀用「魯班墓」的說法是為了提醒後人，這裏有着高棉民族建築和雕刻最精髓的東西。

夕陽下的吳哥寺迴廊

十五世紀以後，吳哥的都城地位被高棉國王放棄了。盛極一時的毘濕奴教、濕婆教和大乘佛教逐漸被上座部佛教所取代。生活在毘濕奴世界周邊的高棉人，因為開始篤行上座部佛教，便將毘濕奴世界與上座部佛教聯繫起來。久而久之，人們給毘濕奴世界賦予了一個新的具有佛教內涵的名字——吳哥寺。

在古老的吳哥城中，吳哥寺是諸多建築群當中的一座。由於它佔地廣闊、外形宏偉，因此吳哥寺也被稱為「小吳哥」，與「大吳哥」的概念相對。高棉話語中的「大吳哥」指的是吳哥王城。那麼它又「大」在何處？

吳哥寺精美的浮雕

上、下：周薩神殿。神殿位於大吳哥東北勝利之門外，托瑪儂神廟正南，建於12世紀蘇利耶跋摩二世時期，建築屬於吳哥寺風格，是一座膜拜濕婆和毘濕奴的婆羅門教寺廟。在周薩神殿的四周曾一度堆積着四千多件坍塌下來的石塊組件。從2000年開始，中國的文物專家進駐周薩神殿開始修復，直至2009年修復完工。

上、下：班提色瑪寺。寺院位於東巴萊以東約400米處，始建於12世紀中葉蘇利耶跋摩二世時期，建築屬於吳哥寺風格，是一座膜拜毘濕奴的婆羅門教寺院。傳説寺院周邊曾經圍住着柬埔寨少數民族色瑪族（亦譯為桑萊族），寺名由此而得。

1. 神牛寺
2. 巴孔寺
3. 吳哥王城
4. 巴肯寺
5. 東梅奔寺
6. 變身寺
7. 西梅奔寺
8. 空中宮殿
9. 荼膠寺
10. 巴芳寺
11. 吳哥寺
12. 托瑪儂神廟
13. 周薩神殿
14. 班提色瑪寺
15. 達布隆寺
16. 聖劍寺
17. 班迭格黛寺
18. 王家浴池
19. 尼奔寺
20. 塔遜寺
21. 巴戎寺
22. 癩王台
23. 鬥象台
A. 羅洛遺址
B. 因陀羅湖
C. 吳哥遺址
D. 東巴萊湖
E. 西巴萊湖
F. 闍耶湖
G. 洞里薩湖
H. 暹粒河
I. 羅洛河
J. 暹粒市區
N
0
5km

吳哥古蹟群示意圖

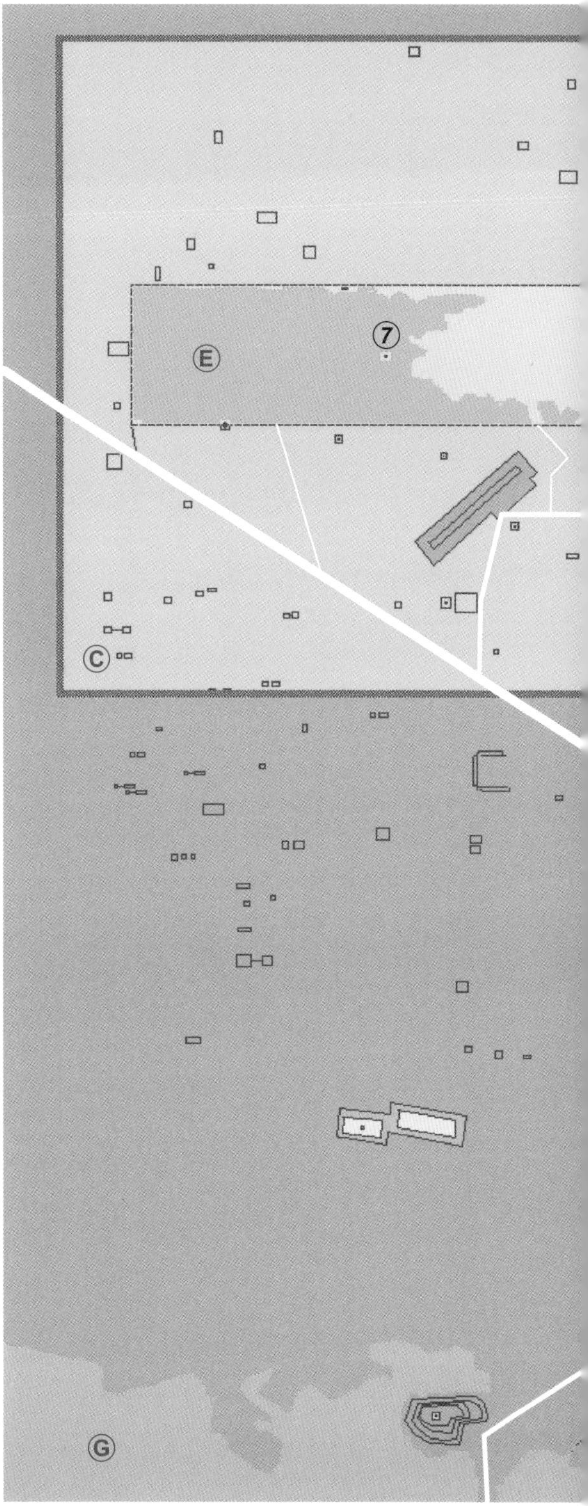

4. 吳哥王國的都城

大吳哥又叫「吳哥通」。廣義上講，它承載着吳哥王城的建設者們在整個吳哥時代書寫的歷史和成就。它既是一個時間概念，跨越了從九世紀初到十五世紀的整整六百年；它又是一個空間概念，涵蓋着羅洛建築群、吳哥建築群，以及其他所有的吳哥遺蹟。而狹義上講，大吳哥只是一座被正方形石砌城牆保護着的古代王城，城牆之中包裹着闍耶跋摩七世時期建成的第三吳哥王城。

在大吳哥建成以前，吳哥王城已經經歷了將近三百年的修建。自吳哥建國伊始，每一位吳哥王都在這裏修建過自己的山寺和寺院。由於山寺是王城的中心，因此，當每一座山寺竣工的時候，王城的規模也在發生着變化。

吳哥王城的建設經歷三個階段。第一階段始於九世紀末，耶輸跋摩一世是吳哥王城的第一位總規劃師。這位國王有着古老扶南王室的血統，他的好勝心極強，渴望創立屬於自己的基業。登位之初，他便下令在全國範圍內建造一百座淨修精舍，而且每一座精舍都用國王的名字「耶輸陀羅」命名。他不但迫不及待地要修築自己的山寺，而且他的山寺要比祖先們的更加龐大、更加宏偉。然而，在選址過程中，國王發現自己居住的訶梨訶羅耶古城裏再也沒有地方能夠容納下他的構想。這成為他的心病。最終，這位國王找到一個解決辦法——遷都。

耶輸跋摩一世將眼光投向洞里薩湖和古蓮山之間的大片區域。一座新城很快在這裏破土動工，國王給這座新城命名「耶輸陀羅補羅」。新城的範圍太大，要確定城市的邊域，以及對應山寺的建造地點就頗費心思了。國王在這座新城的周圍找到了三座山巒。一座是位於新城東北的波哥山，一座是位於洞里薩湖北岸的格羅姆山，還有一座是位於二者中間的巴肯山。經過實地考察，波哥山過於高聳，體積過於龐大，不易開展施工和運輸，加之位置偏遠，將這裏作為城市的中心，城市的面積將太過龐大。波哥山落選了。而格羅姆山距離洞里薩湖很近，如果將城市的中心建在這裏，整座城市在雨季容易遭受洪水侵襲，外敵從水路來襲的時候也不易防守，因此也不適宜。巴肯山便成為最理想的選擇。耶輸跋摩一世的山寺就在這裏動工了，建成後的山寺叫作巴肯寺，是一座擁有七層台基的寺院。全寺共有寺塔一百

吳哥古建築群巴肯山上巴肯寺中心塔遺址

荳蔻寺。寺院位於吳哥寺以東、班迭格黛寺以南，修建於921年曷利沙跋摩一世時期，膜拜毘濕奴。全寺規模較小，因此學者們猜測寺院應當出自一位吳哥官員的手筆。寺院的梵語原名已經遺失，而「荳蔻」是後人一直口口相傳的名字。

柏威夏省高蓋古建築群中的通寺

零九座，其中一座是中央大塔，其餘的小塔簇擁在中央大塔周圍，整體上構成了典型的須彌山結構。隨後，在國師維摩濕婆的主持下，國王的「提婆羅闍」從訶梨訶羅耶城遷到了巴肯寺中。

雖然波哥山和格羅姆山落選，但是出於對山嶽的敬畏，國王也分別在這兩座山上修建了較小規模的寺院。這兩座寺院都採用了三塔結構。而在三座石塔的內部則分別供奉着濕婆、毘濕奴和梵天三位婆羅門教的主神。三位神明的供奉順序嚴格依照國王的信仰偏好，濕婆神居中，為最高神，兩側分別為毘濕奴和梵天。

與耶輸跋摩一世相比，他的兩位王子在繼位後顯得有些默默無聞。九世紀初，長子曷利沙跋摩一世（900—約922年在位）只在巴肯山北建了一座小型的山寺——巴克薩・占克龍寺。而幼子伊奢那跋摩二世（925—928年在位）在繼位不久之後就被其姑父闍耶跋摩四世篡奪了王位。

這位闍耶跋摩四世是領地在高蓋的王侯。篡位荳蔻寺內浮雕，毘濕奴騎在坐騎金翅鳥上，兩邊圍坐着信眾。

成功後，他帶着被供奉在吳哥王城的「提婆羅闍」去了自己的封地。在那裏，他啟動了浩大的修築工程，最引人注目的是他的山寺通寺。通寺的意思就是大寺，顧名思義，這座寺院規模宏大，高達35米。相傳裏面曾供奉着一尊碩大的林伽石「提婆羅闍」，高度甚至超過了30米。

篡位者離世後，吳哥恢復原有的秩序。羅貞陀羅跋摩將「提婆羅闍」迎回了吳哥王城。他在這裏繼續建設山寺，一座被稱為「空中宮殿」的建築拔地而起，那就是當年的披梅那卡寺。但是，由於戰爭的破壞，這座寺院曾在十一世紀初被完全摧毀。現存的空中宮殿遺蹟是蘇利耶跋摩一世在戰爭結束後重新修建的。這座寺院位於吳哥王城的古王宮內，是王族的最高祭祀場所。它既是周達觀眼中的「金塔」，又是一則民間傳說中的發源地。當時的高棉人認為，披梅那卡寺內住着一隻九頭蛇精，她是高棉土地的主人，經常幻化成女身。吳哥王必須每夜與她同寢。但凡國王有一夜不在，國家必會遇到災禍；如果蛇精一夜不現身，那麼國王的死期就到了。如今，古王宮遺址除了披梅那卡寺外，大多已經難覓蹤跡。2017年1月，中國國務院總理李克強在訪問柬埔寨期間，兩國簽下援助協議，中國將援助修復包括披梅那卡寺在內的古王宮遺址。

那場摧毀空中宮殿的內戰發生在吳哥王公闍耶毘羅跋摩（1002—1010年在位）和東部王侯蘇利耶跋摩一世（1010—1050年在位）之間。他們為了搶奪王權而大打出手。闍耶毘羅跋摩近水樓台，最先登上王位。然而，數年之後，蘇利耶跋摩一世率軍攻克吳哥，奪取了最終的勝利。他即位後，故意在碑文中將自己的統治起點提前到1002年，試圖隱去闍耶毘羅跋摩

女王宮的正門

女王宮的三角形山牆雕刻着因陀羅端坐於時獸上的浮雕圖案

女王宮內精巧俊秀的石塔及石塔上密集緊湊的浮雕圖案

柏威夏寺的山門和圍牆

正在修復中的柏威夏寺第一塔門

霧中神秘的柏威夏寺

空中宮殿

曾在吳哥執政的痕跡。

這場內戰破壞了吳哥城裏的大量建築，農田大面積荒蕪。這讓蘇利耶跋摩一世憂心忡忡。為了提振國力，他採取了一系列措施。他動用國家財政重建寺院。在邊境上，他修建柏威夏寺、磅斯威的波列坎寺和茶膠省北部芝索山上的寺院。在王城裏，他不僅重建空中宮殿，還完成茶膠寺的全部建築工程。茶膠寺是一座通體使用大型砂岩建造的山寺，呈現出四塔護心的須彌山結構，中央大塔最為高聳。在國家重修寺院的基礎上，國王還頒佈政策，允許將寺院周圍的土地交予私人開發。於是，圍繞着寺院的一座座村莊興建起來，並成為供養寺院和提供勞動力的來源。

有趣的是，蘇利耶跋摩一世信奉的是大乘佛教，這在吳哥時期絕對是第一人了。從這點出發，這位國王的身世也引發了很多猜測。有人認為，蘇利耶跋摩一世的父親是室利佛逝王國的貴族，那裏信奉大乘佛教。而他的母親是一位高棉公主。依母系而論，蘇利耶跋摩一世是一位信仰佛教的高棉王子。也有人認

巴芳寺全貌

為，蘇利耶跋摩一世其實是擁有純正扶南王室血統的高棉人。他的祖上為了躲避真臘和扶南的戰亂，逃到了末羅瑜（蘇門答臘島上的古代政治體）避難。面對這些質疑，蘇利耶跋摩一世則將自己的身世追溯到吳哥的早期國王因陀羅跋摩一世。

無論如何，這位國王的宗教偏好並沒有動搖吳哥的宗教秩序。「提婆羅闍」依然是王權的至高象徵，國師的家族仍是壟斷最高儀式的祭司家族。與真臘初期的情況類似，佛教和婆羅門教同時存在於高棉社會。不同的是，此時大乘佛教的地位或許已經有所提升。

第二位吳哥王城建造者是優陀耶迭多跋摩二世，他在空中宮殿旁建造了著名的巴芳寺。這是他的山寺，周達觀稱之為「銅塔」。中國南宋人趙汝適在其撰寫的海外地理名著《諸蕃志》中還提到了曾擺在巴芳寺上的方位象，「銅台上列銅塔二十有四，鎮以八銅象，各重四千斤」。

巴芳寺是這一時期吳哥王城的中心，它的位置與現在的吳哥王城的中心巴戎寺很近。因此可以推斷，這時期吳哥王城的城市輪廓已經與今天的吳哥王城大體相當了。然而遺憾的是，巴芳寺的修建地點被選在一片容易鬆動的沙土之上，幾百年來這座寺院飽受坍塌之苦，自然損毀非常嚴重。

這個時期的吳哥正處在多事之秋，各地反抗王權的起義頻發。從巴芳寺的一塊碑銘中，人們看到了一位高棉將領的名字，碑文上記錄着他曾經為國王平亂的事蹟。他也因此備受國王的器重。這位將領的名字令人望而生畏——桑格里瑪，意思是戰爭。

儘管得到了優秀將領的輔助，優陀耶迭多跋摩二世的統治還是備受內憂和外患的困擾。他去世以後，在吳哥的西北出現了一個新的政治體，打破了吳哥王權的統治秩序。西北政權的領袖叫闍耶跋摩六世，是一位來自西北的王侯，與吳哥王族毫無血緣關係。趁着吳哥內亂之際，他控制了一些北方的城市，自立為王。於是，吳哥也出現了短暫的分治。正統的王權由曷利沙跋摩三世在吳哥王城延續統治，而西北的王權則將都城設在摩曷陀羅補羅城，國王是闍耶跋摩六世和他的哥哥陀羅尼因陀羅跋摩一世。

兩個政權對峙的局面被一位吳哥王終結了，他就是蘇利耶跋摩二世。碑文記載，他統一了「雙王之國」，讓吳哥重回正統的王權秩序。此外，他也是一位積極開拓勢力範圍的國王。在這個時期，吳哥對占婆的大規模征戰使得兩個民族結下了深仇大恨。蘇利耶跋摩二世離世後，吳哥陷入了王權危機，內亂給占婆人提供了絕佳的復仇機會。

占婆王闍耶因陀羅跋摩四世的軍隊很快兵臨吳哥城下。戰鬥伊始，兩國將主戰場設在陸地，打得難解難分，卻都無法克敵制勝。1177 年，占婆王經人指點帶路，改變了進攻的策略。他安排兵士乘船，從水路潛入洞里薩湖，向吳哥王城發動了突襲，吳哥的軍隊一下子被殺得潰不成軍。吳哥的大敗鼓舞了占婆的軍心。《諸蕃志》載，吳哥王「請和不許，殺之」。從此，吳哥、占婆成為宿敵。

吳哥戰敗以後，王城被占婆人佔領，城內的物資、勞動力和經書古籍統統被掠奪和洗劫。正當吳哥陷入苦難之際，一位韜光養晦多年的高棉王子正蓄勢待發。他在暗處觀察，等待合適的時機登上歷史舞台。他就是闍耶跋摩七世，柬埔寨歷史上一位偉大的國王。吳哥王城建設的最後階段將在他的治理中完成。

吳哥王城裏的四面佛像，正是按照他的面部特徵雕刻而成的。這些佛像有的嚴肅，有的慈祥，有的憤怒，有的平和，以巴戎寺裏的一尊微笑像最為經典。這尊佛像擁有高棉式的寬厚嘴唇，嘴角的微笑透露出幾絲神秘的善意。這張面孔就是著名的「高棉的微笑」。

闍耶跋摩七世的身世並不離奇，而且非常正統。他的父親是一位吳哥國王，母親是古老扶南、真臘王族的後裔。他的父

闍耶跋摩七世像。砂岩材質，高1.35米，12世紀末13世紀初吳哥時期，巴戎寺風格，發現於暹粒省吳哥建築群格羅羅梅地區。柬埔寨國家博物館藏

親篤信大乘佛法，從小他就耳濡目染，後成長為一名虔誠的佛教信徒。闍耶跋摩七世有過兩位王后。她們是一對親姐妹。闍耶羅闍提鞞是第一位王后，由於健康的原因，她英年早逝。她的姐姐因陀羅提鞞接替了王后的位置，這位吳哥王后是當時非常著名的學者。她用梵文在披梅那卡寺中立下石碑，碑文中頌揚着妹妹的功績，寄託着自己的哀思。現今大部份有關闍耶跋摩七世的記載都是出自對這塊石碑碑文的解讀。

闍耶跋摩七世在年輕的時候就是一名將領。他率軍遠征，抵達了占婆的都城佛誓城。就在此時，吳哥國內傳來了不幸的消息，闍耶跋摩七世的父王去世了。新任的國王登基不久，王權就受到叛亂官員的挑戰。闍耶跋摩七世聞訊，率軍返回勤王。但當部隊抵達吳哥王城的時候，他發現為時晚矣，篡位的官員登基為王了。從此，他留守國中，靜候時機。

不久，吳哥王城因為占婆人的復仇陷入了一片

吳哥第三王城為抵禦外敵而修建的寬闊的塹壕

火海中。闍耶跋摩七世等待了十五年的機會終於到了。1181 年，他率領軍隊從占婆人的手中收復了吳哥王城。經歷一場驚心動魄的海戰之後，吳哥軍隊大敗占婆，一舉趕走了強佔王城長達四年之久的占婆軍隊。這場決定性的海戰被闍耶跋摩七世時期的工匠們雕刻在巴戎寺和班迭奇馬寺的迴廊浮雕上。

高棉人與占婆人的這場鏖戰，讓高棉人明白，原先的吳哥城防根本無法抵禦外族軍隊的侵襲。吳哥王城的規模越廣闊，就越不利於軍隊防守。於是，闍耶跋摩七世在登基以後立即着手修築城牆。這一次，城牆的材料全部採用巨大的石塊。竣工後的城牆高約 3 米，呈標準的正方形結構，每一面牆都長達 3,000 米。在城牆的外圍，古高棉人還挖掘了寬約 100 米的塹壕。堅固的城牆將城內的大小建築嚴密地保護其中，圍成了吳哥王國的核心區域。這些城牆被保留至今，連同塹壕和城內建築一起組成了今天的吳哥王城。

在修建和加固王城的同時，闍耶跋摩七世並沒有忘記對占婆的復仇。他耐心地籌備着自己的復仇計劃，足足用了十八年。1182 年的一次機緣巧合，他遇到了占婆王子室利・毘多難陀那。這位王子因為在宮廷鬥爭中失勢而到吳哥避難。碑文上説，闍耶跋摩七世面見了他，發現這位王子有着命運不凡者與生俱來所擁有的三十三個標記，覺得他定能幫助自己成就大業，因此，待他如親生兒子一樣，向他傳授各種學問，教授各類兵器的用法。闍耶跋摩七世還給這位王子小試牛刀的機會，他派遣王子平定了馬德望省南部莫良城的叛亂。從此，毘多難陀那正式成為闍耶跋摩七世復仇大計中不可缺少的一員。

1190 年，大戰一觸即發。闍耶跋摩七世開始戰前的外交斡旋。他派遣使團前往大越，向大越皇帝李高宗贈禮，並與其約定在吳哥與占婆發生戰事時，大越要保持中立。

同年，占婆王闍耶因陀羅跋摩四世再次入侵吳哥。闍耶跋摩七世終於等到了絕佳的復仇時機。多年積聚的力量一觸即發，吳哥的復仇開始了。闍耶跋摩七世的軍隊先是輕而易舉地擊退占婆的進攻，隨後，國王任命占婆王子毘多難陀那為大將，進軍占婆。吳哥的軍隊在占婆所向披靡，奪走了占婆所有的濕婆林伽。最後，毘多難陀那王子攻佔了佛誓城，活捉了占婆王闍耶因陀羅跋摩四世，並將他押解到吳哥關押起來。

勝利後，占婆國被納入吳哥的王權範圍。為了便於管理，它被一分為二。北部占婆以佛誓城為中心，由國王委派的高棉貴族恩親王直接治理。南部占婆以賓童龍為中心，交由毘多難陀那王子管轄。1191 年，北部占婆發生了叛亂。叛亂首領闍耶因陀羅跋摩五世率領占婆叛軍將恩親王趕回吳哥。為了平息叛亂，闍耶跋摩七世釋放關押已久的占婆王闍耶因陀羅跋摩四世，並交給他一支高棉軍隊，幫助他回國重奪王位。

這位獲釋的占婆王回國後，首先找到了南部的毘多難陀那王子，希望他幫助自己奪取王位。王子答應了。但是，年輕人比老國王想得更多、更長遠。當老國王在王子的幫助下平息叛亂，即將重新登上王位的時候，毘多難陀那掉轉矛頭，將他殺死。從此，這位王子同時控制了占婆的北部和南部。1192 年，他統一占婆全境。

闍耶跋摩七世得知毘多難陀那背叛後，派人前往占婆，要求他以進貢的方式從屬吳哥王權。但是，年輕氣盛的王子被勝利沖昏頭腦，絲毫不理會來自吳哥的警告。他宣佈，占婆已經完全擺脱吳哥的控制，從此獨立。隨後，他派出使團分別向中國和大越進貢，希望求得他們的支持和幫助。然而，這兩國的反應卻冷淡得令他失望。

闍耶跋摩七世沒有給他機會。1203 年，吳哥王安排毘多難陀那的叔父檀那底婆伽羅摩打回了占婆，取代了毘多難陀那的地位。毘多難陀那心灰意冷，從此銷聲匿跡。平叛以後，吳哥汲取教訓，對占婆進行直接統治。占婆成了吳哥王國的一個省。這種行政隸屬關係持續了將近二十年。直到闍耶跋摩七世去世，吳哥軍隊才撤出了占婆。

征服占婆是闍耶跋摩七世最大的功績，但這位吳哥王的貢獻卻遠遠不止於此。在他的治理下，吳哥的勢力向北延伸到湄公河中游的萬象，向西北進入泰國東北部和緬甸邊境。《諸蕃志》裏曾羅列出吳哥的一些屬國，包括登流眉、波斯蘭（在暹羅灣沿岸）、羅斛（華富麗）、三濼（湄南河上游的暹族地區）、真里富（在暹羅灣沿岸）、麻羅問（可能是莫良，在馬德望南部）、綠洋（緬甸莫塔馬）、吞里富、蒲甘、窊里、西棚、杜懷（緬甸南部土瓦）、潯番（泰國南部春蓬）等。

闍耶跋摩七世的事蹟在柬埔寨可謂家喻戶曉、廣為流傳。今天的高棉人早已將他神化，塑造神像，頂禮膜拜。他是高棉人的偉大祖先，集中了高棉民族最優秀的品質和智慧。在高棉人眼裏，他象徵着勇武，因為他力退強敵、反攻占婆；他象徵着寬厚，因為他不爭王位、隱忍養晦；他更象徵着智慧，因為他多次利用占婆人直接打擊占婆人，而且他還率領高棉人民修造了雄偉壯觀的寺院建築群。

闍耶跋摩七世時期的建築不僅數量多，而且規模大，主要分佈於吳哥王城內外。這位吳哥王不僅建造了王城的城牆、城

門，還在王城的中心修建了一座不朽的文化經典——巴戎寺。在城外，他主持修建了達布隆寺、聖劍寺、班迭格黛寺、尼奔寺、塔遜寺、格勞爾戈寺等。在馬德望，他修建了班迭奇馬寺；在磅湛，他修建了諾哥寺；在茶膠省的巴迪縣，他還修建了另一座達布隆寺。

達布隆寺中被樹根遮擋的佛像浮雕

達布隆寺中被樹根包裹的寺院

聖劍寺中的金翅鳥大戰那伽浮雕

達布隆寺中的假門結構和精美的浮雕

聖劍寺中的窣堵波（靈骨塔）

聖劍寺的藏經閣

聖劍寺的聖劍台

茶膠省的達布隆寺。寺院位於茶膠省巴迪縣巴迪河畔，距離金邊約34千米，始建於12世紀末13世紀初闍耶跋摩七世時期。這座寺院與吳哥建築群中的達布隆寺同名，建築也與暹粒達布隆寺同屬巴戎寺風格。這也是一座大乘佛教寺院，膜拜觀世音。

茶膠省達布隆寺內建築門楣上的「翻攪乳海」主題造像。其中除了拔河的天神和阿修羅，還有梵天、日、月等圖像符號。

上：班迭格黛寺

下左：塔逕寺。寺廟建於 12 世紀末闍耶跋摩七世時期，是一座巴戎寺風格的大乘佛教寺院，用於供奉闍耶跋摩七世的父親。

下右：塔逕寺門楣上雕刻的觀世音及其信眾的浮雕

茶膠省達布隆寺中建築門楣上的佛陀涅槃彩色浮雕

思瑪賓古橋。此橋位於茶膠寺以西，通體使用砂岩修築而成，是為數不多遺存至今的古代石橋。

暹粒省吳哥建築群闍耶跋摩七世時期的醫院遺址

與其他歷史時期不同的是，闍耶跋摩七世留下的建築遺蹟不僅包含宗教用途的寺院，還有很多為民生福祉而修建的場所，這些民生項目裏包括驛站和醫院。聖劍寺裏的一塊石碑詳細記錄了當年驛站的分佈情況：

在吳哥往來占婆的道路上有57座，
在吳哥往來泰國呵叻府披邁的道路上有17座，
在吳哥往來其他地方的道路上有44座，
在吳哥往來荼膠省北部芝索山的道路上有一座。

而國王對醫院非常關注和重視。從碑文上看，闍耶跋摩七世對醫院的修造、藥師的培養、日常的運行，甚至是人員的配置都傾注大量的心血：

子民身上的疾病，是國王的心裏之痛，
即便不痛在國王之身，也是國王之苦楚。
在醫院裏，國王塑了藥上菩薩像，鎮壓各方疾病。
國王與醫生、英雄、智者一起學習《壽命吠陀》和《星象吠陀》，

吳哥第三王城為抵禦外敵而修
建的碩大城門。上面雕刻着四
面佛塔和因陀羅乘象的造像。

用藥做武器抵禦疾病的侵襲。

用於每日祭神的大米，如有剩餘，應賜予有病之人。

……

醫院中設陪護 4 人，財產看護 2 人，其中一名男性或 2 名女性造冊統計。

財產看護之 2 人應為男人，亦承擔開藥、煮藥、收殼、拾柴、採藥和清掃祭壇之職能。

14 名男性為醫院看護，負責向 20 位醫生運送草藥。其中，一名男性一名女性造冊統計，另設 6 名女性浸水春藥。2 名女性煮粥，另設 30 名男性處理日常事務和 97 名醫院助理。

……

建築和雕刻藝術也是這個時期的一大亮點。吳哥國力強盛，來自各國的能工巧匠雲集，建築和雕刻的技法雜糅多樣，可以將其統稱為「巴戎寺風格」。大吳哥城門、巴戎寺堪稱闍耶跋摩七世建築雕刻中的經典佳作。

吳哥王城的 12 千米城牆上一共開了五座城門，在東、西、南、北四個方向各有一座，東北方還有一座。東西門之間、南北門之間各連通一條主幹道，兩條道路呈十字交叉連接。在交會點上坐落着這個時期的王城中心——宏偉的巴戎寺。王城開在東城牆東北處的第五座門習慣上被稱為「勝利之門」，是通往舊王宮的入口。從方位上來看，這座門應該是五座門中最重要的一座。按照婆羅門教傳統，人間的八個方向分別由八位神祇駐守。駐守東北方的是

大吳哥城門外的天神造像及阿修羅造像

濕婆神。他精於苦行，在八個方位神中擁有了最高的地位和最強的神力，由他駐守的方向也因此最受信徒的重視。在今天柬埔寨的很多宗教儀式中，依然將最重要的器物擺放在東北方向。

在每一座城門外，都有一條寬闊的石橋與外界相連。這些石橋除了寬闊的橋面，兩側還建有獨特的那伽龍王扶手。扶手的建築構思取材於神話《翻攪乳海》。以南城門為例，石橋的兩側各佇立着 27 尊石像。這些造像可以明顯地被區分為兩大陣營：天神和

大吳哥城門及門前的那伽石橋

阿修羅。它們個個高大健碩，體態超出常人，面朝城外站立。所有的神像手中都捧着那伽龍王身軀的一部份，呈拔河姿態站立。與神話略有出入的是，這裏的天神和阿修羅都立於龍頭之後。七個充份張開的龍頭與天神、阿修羅組合成了一道嚴肅的屏障，將王城的神聖性傳達給每一個走上石橋的人。敬畏王權的人將順利進城，而褻瀆王權的人將被拒之門外。在吳哥城門上，高棉工匠還雕刻了因陀羅和坐騎三首白象。因陀羅是吠陀時代最主要的神祇，是天界之首。將他立於城門之上，既是對王城的守護，又是對外敵的震懾。

除此之外，選擇那伽石橋作為連通城外世界的媒介，也有尊崇高棉傳統的考量。在高棉文化中，那伽龍王不僅是民族的祖先，也是司職擺渡的神明。他能夠往來於人間、天界和冥獄，是世間生靈往來各界的擺渡者。從這層含義上看，城門前的那伽石橋實際上是連接了人間和天界的通道。人從城外進入城內，就是從人間步入了天界。

閻魔像（癩王）。砂岩材質，13—14世紀吳哥時期，發現於暹粒省吳哥建築群癩王台。柬埔寨國家博物館藏。癩王即耶輸跋摩一世，傳說這位國王死於天花，故稱他為癩王。闍耶跋摩七世時期巴戎寺建築風格的癩王台正是為了紀念這位國王而修建的。

癩王台上的浮雕

癩王台上的仙女浮雕

鬥象台，建築中成排的金翅鳥造像。遠景為癩王台。

鬥象台上鬥象場景浮雕

巴戎寺全景。這是一座沒有圍牆的寺院。

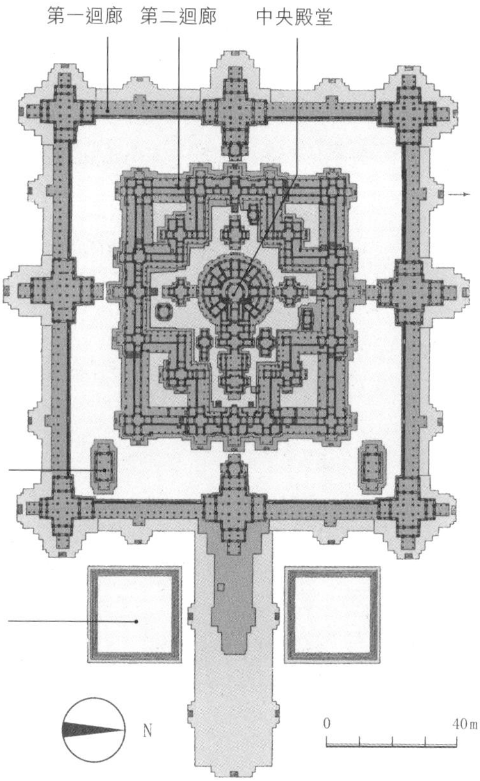

巴戎寺平面示意圖

巴戎寺是闍耶跋摩七世的山寺，存放着國王的「提婆羅闍」。但這尊「提婆羅闍」不是通常意義上的林伽石。國王出於對大乘佛教的信仰偏好，將他的「提婆羅闍」形制進行了修改，傳統的「提婆羅闍」模式再次被打破了。巴戎寺竣工以後，闍耶跋摩七世在寺內的中央塔中立起了一尊碩大的那伽坐佛陀像，以此作為自己的「提婆羅闍」。這尊佛陀羅闍像如今已經不在巴戎寺內。由於後任的吳哥王恢復了濕婆教，這尊佛陀羅闍像被掩藏了。1933年，法國考古學家特羅

韋在中央塔下的一個坑穴裏發現了它。這尊佛陀羅闍像高3.6米，佛陀結跏趺坐，禪定於那伽龍王盤繞而成的座位上。現在，這尊闍耶跋摩七世的佛陀羅闍像被供奉在南倉寺旁的布朗比勒維廟裏。

巴戎寺的整體結構是正方形的，但它也是一座沒有圍牆的寺院。這樣的結構並不是工匠的疏忽，而是有意為之。敞開的寺院將四周邊界延伸到吳哥王城的城牆，使得巴戎寺在空間上得以延伸，與整座吳哥王城融為一體，更加凸顯出巴戎寺作為中心山寺的地位和神聖性。巴戎寺的正門朝東開放，這遵循了印度教的教義傳統。但是，寺內的浮雕順序卻也是逆時針方向。難道巴戎寺也是陵墓？又或當國王在世的時候，這裏是祭奉佛陀羅闍的聖地，當國王仙逝以後，這裏便成了祭奠國王的陵墓？

巴戎寺有三層台基。第一、第二層台基上修建了兩個浮雕迴廊。每一層迴廊的浮雕主

巴戎寺浮雕。展現着中國宋朝士兵與吳哥士兵共同列隊行軍的場景。

題都不盡相同。第一層浮雕迴廊主要描繪了三個場景：吳哥與占婆的戰爭、國王在宮廷的生活、寺院建設與民俗。

第一層浮雕迴廊首先將吳哥與占婆的戰爭搬上了牆壁。在戰爭浮雕中，列隊待發的士兵常見三種：高棉人、占婆人和中國宋朝的士兵。高棉士兵的頭髮極短，頭頂平滑或者紮有圓形短矮髮髻，胸前披着相互交叉的繩帶。他們有的列隊步行，有的騎象騎馬，有的高舉旗幟，有的執撐華蓋，還有的正在划船。當然，更多的是正在與占婆人進行殊死搏鬥。占婆人一般頭戴傘形帽，身穿裝飾考究的盔甲，與高棉士兵相對站立。中國宋朝的士兵大多紮着高高的髮髻，髮髻上有精美裝飾，衣着自然下垂。他們有的步行，有的騎馬，與高棉士兵並肩列隊。他們與高棉軍隊顯然是盟友關係。然而，這一點令人疑惑頓生。在中柬兩國的史料裏並沒有宋朝派兵援助吳哥與占婆人作戰的記

巴戎寺浮雕。上層浮雕展現着吳哥士兵有的手執武器，有的划槳，乘船前往海戰戰場與占婆軍隊作戰的情景。其中可以清晰地看出吳哥戰船船頭金翅鳥的裝飾物。下層浮雕展現着吳哥人民日常生活的情景。

載，緣何宋朝的士兵會出現在巴戎寺的浮雕裏？迄今，這還是未解之謎。

除了戰爭場景，這層迴廊還展現了宮廷休閒活動和人民生活的場景。節慶之日，高棉的宮廷裏進行着各種傳統活動，摔跤、拳擊等應有盡有。與此同時，宮廷外的高棉人正在過着安定的生活。他們有序地從事着各種工作，有商人、獵人、家庭主婦等。場景裏的普通人有的在煮水做飯，有的在集市做買賣，有的在賭博鬥雞，有的在求醫問診，還有的成群結隊地運輸物資、建造寺院。這些浮雕生動地描繪了吳哥生活的方方面面，是研究吳哥社會不可或缺的重要素材。

此外，吳哥與占婆的那場海上決戰也在浮雕牆上上演。雕刻中，吳哥軍隊驍勇善戰，奮勇搏殺。有的潛入水中殺敵，摧毀敵船，有的與戰友一起看守俘虜，還有的正在為戰鬥的勝利歡呼雀躍。

巴戎寺浮雕。其中，手持武器的高棉士兵正在練武，空手的高棉力士正在摔跤。

巴戎寺第一層迴廊上的浮雕。描繪了吳哥百姓正在看相卜算的場景。

巴戎寺的第二層浮雕迴廊

第二層迴廊的主題是祖先和神明。浮雕首先追溯了吳哥王城的創始人——耶輸跋摩一世的功績。在王后、樂工、侍女的陪同下，耶輸跋摩一世端坐在王宮中央，氣定神閒。在另一幅場景中，神勇的國王正在與巨蟒搏鬥。長長的浮雕牆上還刻劃了有關濕婆、毘濕奴、梵天、羅克什彌等神祇和佛陀的本生故事。其中，最吸引人的有兩幅。一幅講述的是愛神迦摩歸於無形的故事，另一幅的主題則同樣是史詩《翻攪乳海》。

迦摩是吠陀時代的天神。最初，他被認為是從鹹海中出現的自我存在，是最高神和創造者。他最初放射的東西是慾望，然後放射出實現這種慾望的力量。後來，隨着梵天被賦予創造職能，迦摩的地位開始降低，成為僅代表愛慾、情慾的天神。《魚往世書》和《濕婆往世書》中記載了這則迦摩歸於無形的故事。

一位名為塔拉卡的阿修羅因長年的苦修感動了梵天。他祈求梵天讓自己永生不死。梵天告訴他，

巴戎寺的第二層浮雕迴廊內景

巴戎寺浮雕，展現了婆羅門祭祀的場景。

生死是宇宙的規律，不可能實現絕對的不死，但是可以給定一個條件，只有濕婆神生下的兒子才能將他殺死。此時，濕婆正在為妻子薩蒂的投火自焚而痛苦萬分，他在凱拉什山陷入了深深的苦修。於是，塔拉卡有恃無恐，他開始侵擾天神，給因陀羅和眾天神帶來了巨大的苦難。天神向梵天祈求殺死塔拉卡的辦法。梵天給出建議，他們應該去與薩蒂的轉世雪山神女帕爾瓦蒂商議，讓她引誘濕婆，與濕婆生下兒子，打敗塔拉卡。但是，濕婆極度專注於自己的苦修，帕爾瓦蒂的引誘根本無法使他動心。因陀羅便安排愛神迦摩前去幫忙。迦摩在白雪皚皚的凱拉什山上變出一眼清泉，營造出浪漫的氛圍，然後避開濕婆的護衛公牛南迪，進入濕婆修行的處所。迦摩在暗地裏將愛神的花箭射向濕婆，希望他就範。中箭後的濕婆心情突然悸動，睜開了眉間的第三隻眼。由於濕婆已經閉目修行了千年，第三隻眼中積聚了巨大的神力。於是，一道神火從眉心射出，瞬間將迦摩化為灰燼。為了完成天神的囑託，解救三界的苦難，帕爾瓦蒂決心跟隨濕婆一起苦修。她的誠意打動了濕婆，他們生下了兒子塞犍陀。塞犍陀成功地殺死了塔拉卡。在帕爾瓦蒂的勸說下，濕婆復活了迦摩，但是要求迦摩必須以無形的狀態存在。因此，印度神話裏的愛神是無形的。

「翻攪乳海」的主題浮雕在吳哥很常見。在寺院的門楣和石板上，類似的圖案比比皆是。一般來說，「翻攪乳海」主題浮雕通常會包含以下幾種圖像符號：隊列的天神、隊列的阿修羅、那伽龍王婆蘇吉、毘濕奴、龜王俱利摩、曼陀羅山、蓮花座及端坐於上的梵天、日神、月神等。吳哥寺裏的那幅「翻攪乳海」主題浮雕省略了蓮花、日、月等符號，重點強調了浮雕的秩序感；而巴戎寺的這組浮雕則更為注重細節的刻劃。雖然規模明顯小於吳哥寺，

但在內容上卻更加豐富。這幅浮雕中，曼陀羅山的頂端生出了一朵蓮花，日神、月神分別出現在曼陀羅山的兩側，乳海中還浮現出了馬、象等聖物。

總體看來，這兩層浮雕迴廊分別刻劃了人間和天界的場景與神話。從第一層到第二層的轉變，正是闍耶跋摩七世從人間走向天界的過程。當國王在人間獲得功績，在天界敬畏神靈以後，就要前往第三層台基，那個與天最接近的地方。

第三層台基不再有生動的浮雕，這裏只剩下嚴肅的廟堂。廟堂的頂端也不再是傳統的菡萏塔，神秘的四面佛塔取代了菡萏塔成為連接天界的地方。四面佛塔的使用並沒有影響巴戎寺沿用傳統的須彌山結構，也就是小型四面佛塔簇擁着中央大四面佛塔的結構。這座中央四面佛塔高達45米，位於第三層台基中心位置。這個位置當然也是巴戎寺的中心和整座吳哥王城的中心。除了中央塔外，小型四面佛塔如今僅留下三十七座，有十二座不幸坍塌了。

巴戎寺中的四面佛像「高棉的微笑」，在眉心處可隱約看到面孔上的第三隻眼。

巴戎寺中塔頂的四面佛像

觀世音像。砂岩材質，12世紀末13世紀初吳哥時期，巴戎寺風格，發現於暹粒省吳哥建築群尼奔寺。柬埔寨國家博物館藏

從印度教對數字的理解來看，108代表着一個完整的世界，54則代表了一個時段的世界或者半個世界，譬如白天或者晚上的世界。那麼，就不難理解巴戎寺的49塔設計了。既然吳哥王城的城牆是巴戎寺的院牆，計算巴戎寺除中央塔外的寺塔數量時，佛塔應加上吳哥城門上的5座。如此一來，正是54座。

除了巴戎寺外，這些四面佛塔幾乎遍及闍耶跋摩七世時期的所有宗教建築。一方面，這些四面佛塔用國王的面孔充當原型，神化和鞏固了王權，在當時有其現實意義；另一方面，這種設計還包含了諸多宗教內涵。

首先，細心觀察四面佛像不難發現，每一尊佛像的眉心處都淺淺地雕刻着一隻眼睛，這顯然是濕婆神的印記。闍耶跋摩七世雖然是一位信奉大乘佛教的國王，但他同樣奉行着婆羅門教的儀軌，也同樣膜拜婆羅門教的神祇。因此，四面佛像也代表着濕婆神。其次，從四張面孔的形制來看，四面佛像也代表着天神梵天，因為四張面孔是梵天特有的形象。而

巴戎寺石柱上的仙女阿普薩拉浮雕

從另一個角度來看，印度教的三大主神濕婆、毘濕奴和梵天都是最高存在的代表，是最高的神。人們信奉的並不是那個神祇本身，而是那個唯一的最高存在，只是這個存在有着千變萬化的外在形象而已。四面佛是最高的神，它是濕婆，也是梵天。再次，觀世音源自梵文「Lokeshvara」。其中，「Loke」指的是世界，而「Ishvara」則是濕婆的稱號——大自在天。那麼，觀世音與濕婆神之間必然存在某種聯繫，四面佛像也代表着觀世音。但是古高棉人眼裏的觀世音形象與中國的觀世音形象存在很大的差別。高棉人的觀世音沿襲了印度傳統，是男相，造像往往會重點刻劃其面部的兩撇鬍髭。而且在觀世音高聳的髮髻中，一般會端坐着一尊佛陀。

闍耶跋摩七世締造了吳哥時期空前的輝煌。這位極富魅力的君主統領吳哥人實施大規模的對外征戰和修造建築，創立了不朽的功業，也為後人留下豐富的歷史遺蹟。然而，也正是因為吳哥在這一時期的急速膨脹，人力、資源和財力既獲得很多，同時也出現大量消耗。依據碑銘記載，1186年，闍耶跋摩七世為了向達布隆寺提供勞力和供給，一共劃定了3,140個村莊作為供給來源。這些村莊需要為寺院提供79,365名服務人員，其中12,640人常駐寺院周圍。寺院裏供奉着金碗5噸、銀碗5噸、大寶石35顆、珍珠40,620顆、普通寶石4,540顆等。此外，村民們還要向寺院定期提供大量的米、糖、牛奶、蜂蜜、蜂蠟等物資。

當闍耶跋摩七世離世後，吳哥王城再沒有進行過大規模的建造工程，勢力範圍也沒能繼續擴張，反而出現了萎縮跡象。闍耶跋摩七世的女婿、暹羅人因陀羅迭多[11]帶領族人開始崛起。暹羅的軍隊通過劫掠鄰近的吳哥城市，漸漸蠶食吳哥的土地和人口。吳哥王城的建設就此停滯，吳哥王國也無可挽回地走向衰落了。

1270年，由暹羅人創建的早期王權——素可泰王朝的勢力迅速擴張。暹羅王拉瑪甘亨不僅與另外兩位首領帕堯的昂孟和清邁的孟萊結成了同族同盟，而且與中國元朝建立了密切的聯繫。一時間，素可泰王城成為繁華的魚米之鄉。慕名而來的商人、學者絡繹不絕，城市裏人滿為患。

與此形成對比的是，吳哥社會開始發生變化。由於暹羅的劫掠，吳哥喪失了大量資源，國家税收吃緊，難以承擔高額的寺院修築費用，僅在1295年，闍耶跋摩八世（1243—1295年在位）就為紀念一位學者修建了一座小型的寺院。經濟是倒退了，但吳哥的學術事業卻蓬勃發展起來。法國歷史語言學教授路易・菲諾經過研究發現，此時這裏「仍然有人寫梵文詩，人才濟濟。外國學者被這個有着高度文化的王國的聲望吸引而來。沒有別的任何地方比

巴戎寺浮雕中的仙女阿普薩拉

這裏更重視學問了」。一位在闍耶跋摩七世時期就來到吳哥王城的緬甸婆羅門，被闍耶跋摩八世授予「導師之師」的稱號。隨着闍耶跋摩八世的繼位，濕婆教在吳哥王城復辟。王城裏發生一些有組織地破壞佛教浮雕和造像的活動。巴戎寺裏的一些佛教浮雕被刮去，佛陀羅闍也在這時遭到掩埋。

這時吳哥民間社會的信仰也發生了巨大的變化。早在闍耶跋摩七世時期，上座部佛教就被正式引入吳哥。1180年，闍耶跋摩七世的兒子多摩林多跟隨一支孟人僧團抵達錫蘭（今斯里蘭卡）研習佛法。他在錫蘭大寺受戒，學成後帶着上座部佛教的知識和典籍返回了中南半島。但是，隨着吳哥國力的衰落，高棉人生活變得非常拮据，賦稅和祭祀的支出成為負擔。貧困的現狀和連年的兵燹讓很多人開始懷疑國王和「提婆羅闍」的神力是否真的能夠保護這一方水土。上座部佛教剛好迎合了高棉人對精神的需要，比起印度教注重煩瑣的祭祀流程和昂貴的祭品，上座部佛教更加注重的是個人修行、獨居冥想和簡單生活。於是，上座部佛教很快在吳哥民間傳播開來。十三世紀末，中國元朝人周達觀在吳哥城裏發現「家家皆修佛事」，「道教（應為印度教）者亦不如僧教之盛耳」。上座部佛教越是普及，吳哥國王賴以維持統治的王權基礎就越是受到挑戰。在高棉人的心中，國王的神力開始下降，王權的合法性遭到普遍懷疑。有些國王甚至也開始懷疑自己。吳哥王室利・因陀羅跋摩（或稱因陀羅跋摩三世，1295—1307年在位）在統治末期就多次向佛教寺院和僧侶公開布施。最後他離開王位，歸隱山林，修身念佛去了。上座部佛教的傳播也豐富了吳哥社會使用的文字。由於上座部佛教經典使用巴利語，一時間，傳抄巴利語佛教經典、篆刻巴利語石碑成為吳哥王城的新時尚。十四世紀初，吳哥出現了第一塊巴利語石碑。吳哥社會中，巴利語也逐漸取代了梵語的地位。十五世紀二十年代的吳哥石碑是柬埔寨歷史上最後一塊梵文石碑。與此同時，「跋摩」的稱號也不再流行，從闍耶跋摩九世之後，再沒有吳哥國王使用這個稱號了。

高棉文明從此進入後吳哥時代。由於這段時期的歷史史料主要源自柬埔寨及周邊國家的編年史，因此，這個時期也稱為編年史時代。開啟編年史時代的是一則記錄在《柬埔寨王家編年史》中有關「甜黃瓜國王」的傳說。

博涅占和博涅娑兄弟二人居住在聖山旁，以種植甜黃瓜為生。一個偶然的機會，他們得知國王賽坤將在聖山附近修建行宮，便帶着自己種的甜黃瓜去朝奉。國王嚐過他們的甜黃瓜後，愛不釋手，要求兄弟二人務必將甜黃瓜全部貢獻給自己，不得轉賣他人。

一日，一頭水牛闖進了兄弟二人的黃瓜園，偷吃了很多甜黃瓜。博涅占撿起一塊石頭，砸向水牛，想嚇走牠。怎知石頭竟擊穿水牛的身體，導致水牛當場死亡。事後，水牛的主人與博涅占對簿公堂，要向國王討個說法。國王最終判定，博涅占不是有意殺死水牛的，只是因為他不知道殺死水牛的石頭其實是一塊「神鐵」。判決完畢後，國王命令工匠將這塊「神鐵」熔化，製成矛頭，贈予博涅占，讓他繼續好好地看護黃瓜園。

可是，時間一長，國王還是疑心博涅占兄弟會將甜黃瓜暗中轉賣牟利，於是決定親自去探個究竟。他在一個深夜，悄悄地驅車來到黃瓜園一探究竟。博涅占看到一個黑色人影突然閃過，以為是小偷，便將國王賜予的矛擲向了人影。誰知矛頭刺中了國王，使其當場斃命。

國不可一日無君，大臣們為此十分焦慮。在安葬完國王以後，他們一致同意推舉博涅占兄弟二人來治理國家。於是，哥哥博涅占登基為王，弟弟博涅娑成為副王。

誤打誤撞登上王位的那位農夫是開創今天柬埔寨王族世系的高棉祖先。這則傳說看上去荒誕不經，但很有可能有其真實的歷史依據，因為吳哥民間一直存在着針對王權統治的反抗。優陀耶迭多跋摩二世時期就曾發生過多次農民起義。憤怒的農民在暴動中破壞了大量的林伽石和天神造像，以此挑戰神王的權威。到吳哥晚期，宗教信仰的變化引發了平民與王族更加對立的緊張關係。博涅占、博涅娑很可能是暴動的領袖。他們的起義大獲成功，直接推翻了吳哥的舊王權統治。

隨着暹羅人的阿瑜陀耶王朝取代了素可泰王朝，吳哥面臨的形勢更加嚴峻。1351 年，阿瑜陀耶王拉瑪鐵菩提委派臘梅萱王子兵分兩路包圍了蘭蓬羅闍治下的吳哥王城。在副王室利・索里約太的指揮下，高棉軍隊奮勇抵抗，初戰告捷。但是，蘭蓬羅闍犯了輕敵的錯誤，他簡單地認為阿瑜陀耶的軍隊已經知難而退，提前遣散了各省前來勤王的部隊。阿瑜陀耶的軍隊再次發動了進攻，這次，吳哥完全陷入了被動，被遣散的部隊已經來不及返回施救。在被圍一年零五個月後，吳哥王蘭蓬羅闍病故，高棉軍隊的士氣一下子跌到了谷底。暹羅軍隊趁機攻入王城東門，擄走了大量俘虜，洗劫了寺院和王宮中的所有物資和書籍。

暹羅大軍撤退後，拉瑪鐵菩提安排自己的三個兒子在吳哥主政。同時，他還派人直接駐守柬埔寨的西部省份，將這些地方納入暹羅的王權範圍。吳哥副王室利・索里約太在這場鏖戰中僥倖逃脫，躲到老撾避難。在那裏，他重新召集高棉軍隊，打回了吳哥。最後，他的軍隊成功收復了王城，也奪回了西部淪陷的省份。

1393年，阿瑜陀耶王再次派兵圍困吳哥王城長達七個月之久。暹羅的軍隊苦於久攻不下，便開始設下計謀。他們安排十五名士兵向吳哥詐降。詐降成功後，這些士兵便混進王城，打開了西門。暹羅的部隊與他們裏應外合，魚貫而入[12]，吳哥王城落入暹羅人之手。高

巴戎寺浮雕中的仙女阿普薩拉

棉人的財產再度遭到洗劫，據說這次浩劫當中，單被擄走的俘虜數量就多達七萬，其他的金銀財寶、佛像、經書更加不計其數。1394年，吳哥王子蓬黑阿・亞特重新召集軍隊收復王城。攻城之時，他以其人之道，還治其人之身，預先安排十二名士兵組成敢死隊向暹羅人詐降。十二名士兵混進王城後，面見暹羅首領，並趁機將他刺死。失去首領的暹羅軍隊陣腳大亂，吳哥王城很快就被高棉軍隊攻下。蓬黑阿・亞特在奪回王城後登基為王。為了讓自己的國家能在戰爭中有短暫的喘息，他主動與阿瑜陀耶王議和，還迎娶了暹羅公主西薩安作為自己的妻子。

逾半個世紀的柬暹戰爭讓吳哥更加羸弱不堪。吳哥的西部省份被暹羅奪去大半，僅存的人口使國家稅收和勞役付出難以為繼。戰爭破壞了大部份基礎設施和水利系統，王城裏一片破敗景象。飽受戰爭摧殘的百姓都在虔心修佛，迴避亂世。整座城死氣沉沉，早已不復往日的繁榮。

暹羅通過控制吳哥的西部省份將前線推到了王城腳下。1432年，高棉國王蓬黑阿・亞特決定遷都。新的王都最後被選定在扎多木城，也就是今天的金邊城。從此，吳哥王城失去了作為王都的地位，淡出了人們的視野。但數個世紀以來，它不斷地被人發現又不斷地隱跡於叢林。1576年前後，高棉王子薩塔發現了隱匿在叢林中的吳哥建築群。他仿效祖先的做法，加建了吳哥寺的塔頂，並重新塗金。1586年，葡萄牙天主教徒安東尼奧・達・馬達萊納造訪了吳哥。他是第一位來到吳哥的西方人，他的遊記因此備受西方世界矚目。從他的書裏，西方人開始認識這個盛極一時的東南亞王國。十七世紀上半葉，一批日本商人、佛教徒來到吳哥。他們把吳哥寺想像成佛教聖地祇園精舍，並在這裏生活了很多年。這些日本僧人在吳哥留下了十四塊石碑，其中最著名的一塊為森本一房所立。他在碑文中記錄了 1632 年自己在吳哥寺參加高棉傳統新年慶祝活動的場景。自此以後，關於吳哥城的消息漸漸少了。這座城市在靜謐的熱帶雨林中沉睡了兩個世紀。直至十九世紀中葉，法國博物學家、旅行家亨利・穆奧再次發現並喚醒了它。穆奧的遊記，將吳哥的輝煌再一次呈現在世人面前。

5. 社會景象和雕刻藝術

吳哥時代是柬埔寨歷史上最鼎盛的時期。自九世紀初至十五世紀上半葉，高棉王國的勢力幾乎覆蓋了整個中南半島。數以千計的寺院、圓雕、浮雕和石碑記錄下了吳哥社會的興衰沉浮。《真臘風土記》等一批中國古籍也從中國人的視角描繪了吳哥社會的民情風貌。到後期，吳哥頻繁地與外族互動，泰國、老撾、緬甸的編年史也記錄了很多吳哥的景象。通過整理這些信息，吳哥社會的概貌展現在我們眼前。

吳哥時期的國王與扶南、真臘時期的不同，他們已經不再是「君權神授」的代理人，而是擁有着與天神同樣地位的「神王」，國王的王權與神性合二為一。王城代表着宇宙，山寺象徵着宇宙的中心須彌山。王城的城牆和外圍的塹壕代表着環繞須彌山的山巒和鹹海。山寺是供奉「提婆羅闍」的聖地，國王一旦去世，山寺就成為國王的墓塚。晏駕後的國王通過謚號彰顯其畢生的信仰和對往生的冀望。比如，闍耶跋摩二世的謚號是「波羅蜜伊斯瓦羅」，

濕婆與他的兩個兒子——犍尼薩和塞犍陀造像。砂岩材質，12世紀吳哥時期，發現於磅通省吉格萊縣。柬埔寨國家博物館藏

佛教僧侶托舉典籍像。砂岩材質，13—14世紀吳哥時期，發現於柏威夏省桑貢特梅縣巴干寺。柬埔寨國家博物館藏

意思是濕婆圓滿。這表明國王信奉的是濕婆神，離世後將往生濕婆天界。蘇利耶跋摩二世的謚號是「波羅蜜毘濕奴羅伽」，意為圓滿毘濕奴世界。這個國王將自己的一生獻給了毘濕奴神，謚號寄託了對國王往生毘濕奴天界的期待。蘇利耶跋摩一世和闍耶跋摩七世是大乘佛教的信徒，他們的謚號稍有不同。蘇利耶跋摩一世的謚號為「涅槃波多」，闍耶跋摩七世的謚號為「摩訶波羅蜜善逝」。這兩個謚號都與佛教有着密切的聯繫。「涅槃波多」指涅槃世界，是對蘇利耶跋摩一世往生地的冀望。「善逝」則是釋迦牟尼的稱號之一，意為佛入涅槃。闍耶跋摩七世的謚號將他的偉大功績與涅槃佛融為一體。

吳哥的國王在擁有強大權力的同時，還要履行多個義務，扮演很多角色。他們擁有國家的土地，制定國家法律，實施國家建設，裁決訴訟案件，平息國內叛亂，開展對外交往等。同時，他們也是宗教的最高領袖，是抵禦外敵的「保護神」。在戰爭中，吳哥國王往往要親臨戰場指揮，甚至直接率軍搏殺。國王在沙場的表現將直接影響到軍隊的士氣。但是，吳哥國王很難成為真正意義上的獨

鍍金那伽坐佛陀像。
磅通博物館藏

裁者。高棉王朝有許多高官重臣。四百年前的真臘朝堂上就有「孤落支、高相憑、婆何多陵、舍摩陵、髯多婁」五大重臣圍繞在國王周圍。他們的家族構成了朝堂上極具影響力的政治集團，是最保守的既得利益派別。這些集團的成員通過與王族聯姻，分享着國家的權力。當國王的宗教信仰或政治主張偏離傳統，有可能打破原有秩序時，也經常因為考慮到這些政治集團的利益而採取折中辦法或者乾脆妥協了事。國師家族壟斷着「提婆羅闍」儀式，是負責教導君王的名門望族。蘇利耶跋摩一世曾將自己的一個王親嫁給國師家族大祭司濕婆查利耶的侄子娑陀濕婆。這個年輕人後來也成了一名國師。將軍、大臣也是國王倚重的對象，但他們也是王權的最大威脅。優陀耶迭多跋摩二世時期，大將桑格里瑪和叛將干沃就曾同朝為官。1065年，干沃發動了叛亂，企圖謀害國王，被桑格里瑪鎮壓。1165年，耶輸跋摩二世被大臣特里布婆那帝耶跋摩謀害，從而引發內亂，給占婆大規模入侵可乘之機。此外，吳哥各省的王侯勢力也不容小覷。這些王侯很多是水陸真臘時期地方割據勢力的後代，有些還擁有扶南王族的古老血統。他們對國王擁護與否將直接影響到王權是否穩固和國家是否安寧。在吳哥的歷史上，王侯出身的國王並不鮮見。闍耶跋摩四世是高蓋地區的王侯，他篡奪王位以後，將王都定在了高蓋。蘇利耶跋摩一世是領地在東部的王侯，他奪下王位以後，悄悄消去了前任國王的執政痕跡。闍耶跋摩六世是西北的王侯，他對西北城市的控制讓吳哥出現了短暫的分治現象。

宗教在吳哥文化中佔據了十分重要的地位。隨着「神王合一」理念的深入人心，吳哥王成了「神」。對宗教問題，國王有個人的偏好。有的信奉濕婆教，有的信奉毘濕奴教，還有的敬奉佛陀。但這些偏好從沒有打破吳哥以婆羅門教為核心的傳統。大部份時間，高棉社會對外來的宗教都保持了一視同仁的寬容態度。對吳哥的上層社會而言，外來宗教與其說是一種信仰，不如說是一種時尚。規制完整、內涵豐富、外表華麗的外來宗教相較於原生的泛靈崇拜，在各個方面都更加優美典雅、井井有條。吸納外來宗教既迎合了上層社會對優越性的需求，又可以迅速建立和統一王國的思想秩序，非常有利於實施統治和管理。但是，接受外來宗教並不代表本土的泛靈崇拜要被替代。毘濕奴教、濕婆教也好，佛教也罷，在高棉人看來與本土秩序並無抵觸。事實上，高棉人也從未因為信奉印度宗教而採用嚴厲的種姓制度作為高棉的社會規範，他們更沒有嚴格地執行過印度法經《摩奴法典》。在周達觀的眼中，吳哥的訴訟法與七八百年前的扶南並沒有太大差別，高棉人還在延續着本土的神判法則。

從802年到十一世紀初，吳哥的國教是濕婆教，象徵王權的林伽石被供奉在山寺之巔。但吳哥的宗教傳統並不排他，耶輸跋摩一世就在東巴萊湖南岸修建起大量的靜修精舍。這些精舍同時供濕婆教、毘濕奴教、佛教的僧侶使用。毘濕奴教的興起要到十二世紀。蘇利耶跋摩二世是信奉毘濕奴教的國王的代表。他的山寺被命名為「毘濕奴世界」，他的「提婆羅闍」變成了「毘濕奴羅闍」。蘇利耶跋摩二世的信仰偏好或許與當時的宗教潮流有關。因為在同一時期，東南亞的很多古國都以毘濕奴教作為國教。

佛教很早就傳入了高棉大地。扶南時期，憍陳如・闍耶跋摩、留陀跋摩等就以信奉和傳播佛教而著稱。扶南後期，佛法極為盛行，以至於在真臘開國之際，拔婆跋摩要通過採取抑制佛教的政策才能夠鞏固濕婆教的地位。佛教在吳哥歷史上的興起一直與國家的命運緊密聯繫。十一世紀初，蘇利耶跋摩一世與闍耶毘羅跋摩之間的內戰讓高棉民不聊生。戰後，蘇利耶跋摩一世推崇大乘佛教，虔誠地對宗教建築進行了修復。十二世紀末，吳哥被占婆人侵佔，闍耶跋摩七世奪回吳哥控制權後大力推動大乘佛教成為國教，綜合以往宗教傳統，在巴戎寺中供奉了「佛陀羅闍」，並大量修建驛站、醫院等民生設施。至十四世紀，隨着暹羅的興起，吳哥的衰落，上座部佛教逐漸取代印度教在民間廣為傳播。

吳哥時期的雕刻、建築是高棉藝術的集大成者。這個時期的雕刻、建築技法和風格主要受到印度、占婆、爪哇等地區的交叉影響，是一個外來文化與本土藝術相互融合的過程。在吳哥時期的不同階段有着不同的雕刻、建築風格。按照柬埔寨國家博物館的年代區分方式，吳哥時期的雕刻、建築風格可以分為以下十一種形式：

吳哥時期建築和雕刻風格一覽表

風格形式	柬埔寨歷史學家德朗耶觀點	柬埔寨國家博物館觀點
古蓮山風格	9世紀上半葉	770年—875年
神牛寺風格	9世紀最後25年	875年—893年
巴肯寺風格	9世紀末—10世紀初	893年—925年
高蓋風格	925年—950年	921年—944年
變身寺風格	—	947年—968年
女王宮風格	10世紀後半葉	968年—1000年
倉寺風格	10世紀末—11世紀上半葉	965年—1010年
巴芳寺風格	11世紀下半葉	1010年—1080年
吳哥寺風格	12世紀上半葉	1100年—1175年
巴戎寺風格	12世紀後半葉—13世紀初	1177年—1230年
後巴戎寺風格	—	1295年—1308年

來源：參考德朗耶著《高棉文明》和柬埔寨國家博物館網站信息整理

那羅延像。砂岩材質，9世紀初吳哥時期，古蓮山風格，發現於暹粒省古蓮山蕩普雷格拉寺。柬埔寨國家博物館藏

金翅鳥像。砂岩材質，高2.13米，10世紀上半葉吳哥時期，高蓋風格，發現於柏威夏省高蓋地區通寺。柬埔寨國家博物館藏

濕婆像。砂岩材質，9世紀末吳哥時期，神牛寺風格，發現於暹粒省羅洛建築群巴公寺。柬埔寨國家博物館藏

神像殘部。砂岩材質，10世紀初吳哥時期，巴肯寺風格，發現於暹粒省吳哥建築群巴肯寺。柬埔寨國家博物館藏

毘濕奴騎乘金翅鳥吞食那伽門楣。砂岩材質，9世紀吳哥時期，神牛寺風格，發現於暹粒省羅洛建築群神牛寺。柬埔寨國家博物館藏

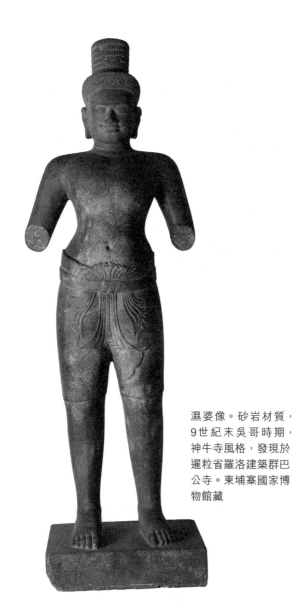

因陀羅騎乘時獸門楣。砂岩材質，10世紀下半葉吳哥時期，變身寺風格，發現於暹粒省吉格萊縣吉格萊寺。柬埔寨國家博物館藏

伐樓拿騎乘在坐騎天鵝上的造像。砂岩材質，10世紀下半葉吳哥時期，變身寺風格，發現於暹粒省古敦寺。柬埔寨國家博物館藏。伐樓拿是印度古老的神明，起源於吠陀時代。伐樓拿主管西方，司職控水，善於咒術。與梵天類似的是，伐樓拿的坐騎也是天鵝。在這尊造像上，天鵝被塑造成面向四方的形象。伐樓拿殘缺的右手中很可能握着他的神器——繩索。

猴子士兵互相角力的雕像。砂岩材質，高2.87米，10世紀上半葉吳哥時期，
高蓋風格，發現於柏威夏省高蓋地區真寺。柬埔寨國家博物館藏

三相神（濕婆、毘濕奴、梵天）像。砂岩材質，11世紀初吳哥時期，倉寺風格，發現於暹粒省吳哥建築群。柬埔寨國家博物館藏

大乘佛教的神佛石柱。紅砂岩材質，11世紀初吳哥時期，倉寺風格，發現於暹粒省布縣。柬埔寨國家博物館藏

夜叉面侍衛像。砂岩材質，10世紀末吳哥時期，女王宮風格，發現於暹粒省吳哥建築群女王宮。柬埔寨國家博物館藏

怖軍與難敵決鬥的三角形山牆，取材於印度史詩《摩訶婆羅多》。砂岩材質，高1.96米、寬2.42米，建於約967年吳哥時期，女王宮風格，發現於暹粒省吳哥建築群女王宮。柬埔寨國家博物館藏

那伽坐佛陀像。砂岩材質，12世紀吳哥時期，吳哥寺風格。柬埔寨國家博物館藏

佛像石柱。砂岩材質，12世紀末13世紀初吳哥時期，巴戎寺風格，發現於柏威夏省桑貢特梅縣巴干寺。柬埔寨國家博物館藏

奎師那托舉牛增山像門楣。11世紀吳哥時期，巴芳寺風格，出土於磅通省室利格羅布萊寺。磅通博物館藏

拉克什米像。砂岩材質，11世紀吳哥時期，巴芳寺風格，發現於暹粒省吳哥建築群東梅奔寺。柬埔寨國家博物館藏

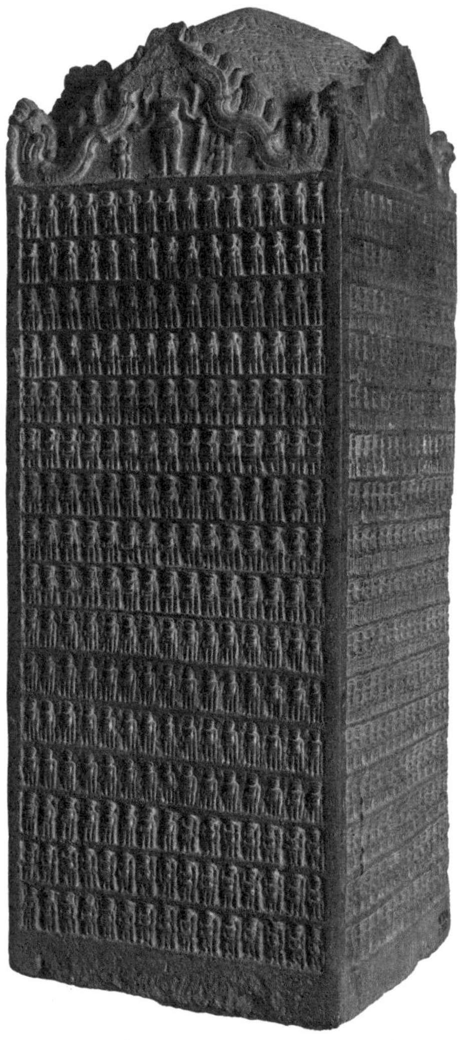

那羅延石柱。砂岩材質，11世紀吳哥時期，巴芳寺風格，發現於暹粒省吳哥建築群。柬埔寨國家博物館藏

佛陀無視天魔滋擾冥想修行的三角形山牆。砂岩材質，12世紀末13世紀初吳哥時期，巴戎寺風格，發現於暹粒省吳哥建築群德波布南寺。柬埔寨國家博物館藏

佛陀與四信眾浮雕。砂岩材質，12世紀末至13世紀初吳哥時期，巴戎寺風格，發現於吳哥古建築群巴戎寺。柬埔寨國家博物館藏

在這些雕刻建築當中，班迭斯蕾，也稱作女王宮，是其中最精彩的作品，它以艷麗的色彩和精美的浮雕著稱於世。它位於吳哥王城以北約 25 千米。由於通體使用紅色砂岩作為建築材料，遠遠望去，如同一座金色的宮殿在陽光中熠熠生輝。女王宮雖修建於十世紀下半葉，卻不是由當時的吳哥國王羅貞陀羅跋摩主持建造的，而是出自國師耶傑紐瓦拉哈的手筆。或許是出於對王權的敬畏，國師將寺院的佈局設計得收斂而緊湊，每座宮舍玲瓏嬌小。在每一座宮殿的外牆上密集地雕刻着各種印度式的圖案和花紋，幾乎佔據了整個牆面。這種雕刻方式有類於印度的織布傳統。印度人習慣用編製精美、紋路密集的織布黏貼牆面，以顯示家庭的富足。

女王宮的正門口供奉着一尊公牛南迪像，如今已經殘缺不全。由於南迪是濕婆神的坐騎，這說明女王宮是一座用於祭拜濕婆神的寺院。這是一種以物為象徵的崇拜方式，即通過祭祀神明的武器、器官、坐騎、妻子、手持物等具有象徵意義的器物和人物來表達信仰。就濕婆神而言，南迪、林伽、帕爾瓦蒂、第三隻眼、三叉戟、鹿等都是他的象徵物。因此，祭拜這些象徵物正是在祭拜他本人。此外，女王宮還是一座史詩主題的寺院。在它的宮舍門楣和牆壁浮雕上，都在講述着印度史詩《羅摩衍那》的故事。尤其在寺院西門的門楣上，羅摩幫助猴王須羯哩婆殺死哥哥波林奪取王位的橋段清晰可見。

儘管吳哥時期的寺院建築風格各自有很多區別，但從用途來看只有兩種。一種是台基式的山寺。這類寺院建在層級式的高台上，最高處擺放的是「提婆羅闍」或其他象徵物。吳哥寺、巴戎寺等就是典型的山寺。另一種是平地寺院。這類寺院沒有層級高台，寺內宮殿直接

左、右：女王宮中仙女阿普薩拉浮雕，以其婀娜的身段和柔美的造型，常被很多遊客稱為「東方維納斯」。

女王宮中半蹲的石猴護衛造像，
取材於印度史詩《羅摩衍那》。

女王宮中半蹲的護衛造像

女王宮宮殿門前的石獸護衛雕像

建在平地之上。這類建築的用途主要是祭奉國王的親屬，王國的將軍、大臣等。如羅洛地區的神牛寺是因陀羅跋摩一世用來供奉父母和闍耶跋摩二世及王后的寺院，吳哥地區的聖劍寺是闍耶跋摩七世為自己的父親修建的，而達布隆寺則是為了紀念他的母親。

6. 吳哥與中國的關係

吳哥與中國在吳哥初期就一直保持聯繫，《冊府元龜》中的零星文字記錄了兩國的交流。813年，「十二月……是年真臘國遣使李摩那等來朝」。814年，「九月，真臘國遣使朝貢」。

這種零散的交流狀態一直持續到中國北宋熙寧年間。這時，宋朝和吳哥進行了一次軍事合作。這是兩國軍事交流史上的第一次合作，因此意義重大。當時，北宋與大越在邊境發生軍事對峙。緊張的軍備競賽最終引發了宋越之間的「熙寧戰爭」。為了從東部和南部對大越的部隊形成牽制，宋朝遣使前往吳哥，邀請吳哥派出部隊，共同對抗大越。吳哥雖與大越毗鄰，但經常受到大越的侵擾，加之兩國在歷史上的新仇舊恨，曷利沙跋摩三世痛快地答應了宋朝的請求。吳哥派兵幫助北宋在今天的越南義安省牽制大越的部隊。

十二世紀初，蘇利耶跋摩二世開始加強與北宋的聯繫。他不斷地派遣朝貢的使團前往宋朝。北宋的回應也十分積極，不僅回贈了豐厚的禮物，還對蘇利耶跋摩二世予以冊封。1116年，蘇利耶跋摩二世派遣進奏使奉化郎將鳩摩僧哥等十四人朝貢宋朝，宋徽宗「賜以朝服」。1120年，又派遣郎將摩臘、摩禿防再次朝貢大宋，宋徽宗「官封其王」。1129年，宋欽宗再

船頭的金翅鳥裝飾。12世紀吳哥時期，柬埔寨國家博物館藏

次冊封蘇利耶跋摩二世為「檢校司徒」，並榮譽性地追加「食邑」。1131年和1147年，宋朝和吳哥兩國的官員還共同商討解決了一些雙方貿易上的難題。

元朝建立以後，忽必烈向東南亞派遣使節，要求各國的國王前往元大都（今北京）朝貢，承認元朝的統治和宗主國地位。《元史》載：「（至元）十八年（1281年）冬十月……庚戌……詔諭干不昔國來歸附。」其中，「干不昔國」指的就是柬埔寨。闍耶跋摩八世對這份詔諭非常警惕。他擔心有危險，沒有親自前往大都朝貢。1281年，忽必烈派遣大將唆都前往占城設立代表機構。唆都抵達以後，曾派遣一名虎符百戶和一名金牌千戶前往柬埔寨查探。但這兩名元朝官員被吳哥扣留下來。闍耶跋摩八世深知這種做法非常冒險。1285年，他派遣使團前往大都，向忽必烈示好，並緩解緊張局面。這個使團向元朝貢獻了「樂工十人及藥材、鱷魚皮諸物」，危機終於被化解了，元朝再沒有提及此事。

1296年，元成宗鐵穆耳派遣使團出使吳哥，其中有一位著名的成員，他就是周達觀。他從家鄉浙江溫州出發，在吳哥生活逾一年，詳細了解了當地的風土人情。1297年回國後，他撰寫了《真臘風土記》。這本書成為全面介紹吳哥歷史文化的經典著作。十九世紀初，這本書引起了歐洲漢學家的注意。1819年，法蘭西學院漢學教授雷慕沙將此書翻譯成法語，保羅·伯希和於1902年進行了第二次法語翻譯。伯希和的法語譯本在當時的學界引起了強烈的反響，激發了西方世界研究高棉文明的濃厚興趣。《真臘風土記》的高棉語譯本出自柬埔寨作家聯盟主席李添丁之手。1962年，李添丁拜訪北京圖書館（今中國國家圖書館），將《真臘風土記》的中文版複印帶回國。1971年，他翻譯並出版了這本書的高棉語譯本。2013年，

《真臘風土記》，李添丁翻譯的高棉語版本。

柬埔寨王家科學院與中國九江大學聯合承辦的孔子學院組織專家學者在李添丁譯本的基礎上再版了新的高棉語譯本。新版的《真臘風土記》高棉語譯本由已故柬埔寨前副首相索安親王和時任柬埔寨王家科學院院長克羅媞達院士分別作序。

《真臘風土記》由「總敍」等四十一則組成，包括「城郭」「宮室」「服飾」「語言」「爭訟」「山川」「出產」「舟楫」「國主出入」等。書中除了介紹吳哥社會的情況外，還用大量筆墨描述了早年前往吳哥定居謀生的中國華僑的生活境遇。這些華僑抵達吳哥後，會先迎娶一名當地女子為妻。由於當地女子既懂得當地語言，又精通買賣，華僑在當地的經商就顯得尤為便利。起初，華僑在吳哥的地位頗高。當地人性格淳樸，見到中國人時往往畢恭畢敬。華僑的到來給柬埔寨帶來了早先沒有的新物種，比如鵝，就是華僑去了以後才有的禽類。周達觀在吳哥王城的時候，還曾幸運地遇見了自己的溫州老鄉。他叫薛氏，已經是位在吳哥王城生活三十五年的老華僑了。

十四世紀中葉，吳哥苦於素可泰的侵略，中國囿於元明兩朝的更迭，兩國的交往出現中斷，但在明朝建立以後即發生改變。吳哥與明朝不僅往來密切，兩國關係甚至還出現了歷史上的小高潮。

《明實錄》和《明史》記載，從 1371 年至 1452 年，無論是柬埔寨朝貢明朝，還是明朝遣使訪問柬埔寨，雙方往來的頻率都是空前的。此前，中國與柬埔寨交往最為頻繁的兩個時期是南朝蕭梁政權時期和唐朝。蕭梁時期，柬埔寨遣使朝貢十次，唐朝時期二十次，但到了明朝，柬埔寨遣使次數已達二十三次之多。回訪的情況也一樣，蕭梁時期，中國回訪扶南兩次，唐朝時期回訪真臘一次。到了明朝，回訪吳哥的次數多達十次。因此，有學者將這段時間譽為「中柬關係史上的第三次高潮」。

尹綬就是被明朝派往吳哥王城的使者之一。他官居御史。永樂初年，他被派往海外詔告朱棣即位的消息。尹綬前往吳哥王城的路線與周達觀基本相同。他從廣州出發，經海路到達占婆，再沿湄公河三角洲逆流向北進入洞里薩湖，最後從陸路抵達吳哥王城。尹綬完成詔告的任務以後，將經歷的路線和在吳哥王城的所見所聞繪製成圖，獻給了明成祖。朱棣大悅，給予他豐厚的嘉獎。

1405 年至 1433 年間，鄭和率領龐大的艦隊七下西洋。他的第一站也是先到占婆。除此之外，他遊遍中南半島，到達過印度洋、波斯灣、紅海沿岸諸國等，訪問國家達到三十餘國。然而，在學界，究竟鄭和是否曾經到達過吳哥，目前還存在爭議。但在今天柬埔寨的磅湛省，當地華人華僑依然保留着祭拜鄭和的傳統。鄭和被當地華人尊稱為「三保公」，祭拜他的祠堂叫作「三保公廟」。

中柬兩國的頻繁互動，客觀上提升了雙方的互信。明初，為了肅清沿海反明勢力，防範倭寇海盜，朱元璋曾實行極為嚴格的海禁政策。大量的海上貿易一度被禁絕。在這種情況下，吳哥與明朝的貿易往來並沒有受到影響。《明實錄》載：「上（明太祖朱元璋）以海外諸夷多詐，絕其往來，唯琉球、真臘、暹羅許入貢。」

伍

高棉王國的衰落

十五世紀上半葉——二十世紀中葉

十五世紀上半葉，吳哥城不再是高棉王國的都城。囿於內憂外患，高棉國王不斷地遷都，四處尋找擁有最佳防守的都城。當暹羅國王納黎萱的軍隊兵臨洛韋城時，高棉人的求存策略轉向了「倚靠外強抵禦外強」的均勢平衡。大越的勢力很快加入了這場博弈。然而，強國之間的牽拉制衡使高棉的局勢漸漸脫離了高棉國王自己的掌控，平衡變成了蠶食。隨着西方國家踏足東南亞大陸，諾羅敦國王似乎又看到了一線曙光。他將希望寄託在法國人的身上。沒想到，法國人竟給高棉王國帶來了百年的殖民統治。

1. 王國遷都和王朝更迭

離開吳哥王城以後，蓬黑阿・亞特曾一度把都城遷到巴山（今磅湛省斯雷桑托縣）。但是，1431年的一場特大洪水促使國王決定再次遷都，新都就設在扎多木城（位於今柬埔寨金邊）。金邊的意思是「奔夫人之山」。1372年，扎多木城有一位名叫奔的老婦人，她家境豐裕，住在四面河[13]邊的土坡上。一日，天降大雨，洪水高漲，奔夫人來到水邊查看水情。無意中，她發現了一截樹幹在岸邊漂浮。樹幹隨着潮水上下浮動，始終沒有遠離岸邊。奔夫人非常好奇，便召集村民一齊將樹幹拖上了河岸。她認真地清理掉樹幹上的淤泥後驚奇地發現，樹幹上有個大洞，洞裏端坐着四尊銅製佛像。在佛像的後面，還立着一尊手持大棒、法螺的石製神像。奔夫人和鄉親們都是一心向佛的虔誠信徒，見到此情此景，他們欣喜萬分，小心翼翼地將佛像和神像安置到奔夫人的家裏，並建造了一座佛龕進行供奉。隨後，奔夫人號召村民們堆土建山，並在山頂上修建寺廟。寺廟的大樑就用打撈上岸的那截樹幹。寺廟建成以後，奔夫人和鄉親們立即將四尊佛像請至廟內供奉，神像則被供奉在土山東邊的神龕內。安置完畢以後，人們開始反覆琢磨佛像和神像的來源。從河水的流向判斷，樹幹應該是從湄公河中游的老撾人地區漂流至此的。因此，人們給神像取名「耐達波列焦」[14]。建在山頂的寺廟被稱作「奔夫人山廟」，也就是如今的塔仔山。圍繞着這座土山，人們建成了今天的金邊城。因此，每逢節慶，金邊的善男信女們都會成群結隊地來到這裏遊玩祭拜。奔夫人則成為後人心目中的偉大祖先和守護一方的「耐達」。為了紀念奔夫人建山供佛的功績，金

塔仔山旁的奔夫人像

邊市政府在塔仔山旁立起了一尊奔夫人銅像，並在銅像四周的台基外牆上用浮雕敘述着金邊城的起源故事。

蓬黑阿・亞特的新王宮建在塔仔山東南方向不遠處。1434年，新王宮竣工了。國王在官員們的簇擁下由水路來到了金邊。抵達金邊後，他下令平整塔仔山和王宮周圍的路面。這項工程需要大量土石，於是人們直接從金邊城取土，挖出了一座人工湖「德卓湖」。今天，這座湖早已被填平，原址上坐落的是金邊城裏規模最大、最具高棉建築特色的市場：新街市。

新王宮落成以後，皇親國戚、文武大臣們紛紛在王宮周圍安家落戶。為了抵禦暹羅人的再次進犯，蓬黑阿・亞特命令在王宮的西面、南面、北面修建三條水渠。這三條水渠與王宮東面的四面河連接在一起，組成護城的塹壕，將王宮和重要設施團團包圍，保護了起來。同時，這三條水渠兼具引水灌溉的功能。值得一提的是，北面的水渠在當時被稱作「中國鐵匠河」。這是因為在這裏曾聚居了一批來自中國的華人華僑，他們以打鐵為生。

國王當然沒有忘記修建佛寺。在四面河的岸邊，蓬黑阿・亞特下令修建了七座寺廟，其中最著名的是烏拉隆寺。這座寺廟圍繞着一座大型的靈骨塔修建而成。這座靈骨塔與柬埔寨的大多數靈骨塔不同，因為塔上建造着五塔的造型。已故的柬埔寨僧王崇那（1883—1969）認為，這座靈骨塔大概在上座部佛教傳入柬埔寨的時候就有了，它的歷史遠比金邊城要久遠得多。這座寺廟之所以取名為「烏拉隆」，是因為在這座靈骨塔中供奉着一位得道高僧的眉毛。在巴利語裏，兩眉之間的絨毛被稱為「烏拉隆」。這也與佛陀的三十二相有着密切的聯繫。高棉人相信，當自己拋卻誑語、只講真話，能夠使他人信服的時候，人的眉間就會長出白色的軟如棉線的絨毛。如今，烏拉隆寺已經成為金邊最重要的宗教場所，各種大型宗教活動都在這裏舉行。

蓬黑阿・亞特有三個兒子。1463年，那羅延羅闍繼承了父親的王位，繼續在金邊統治。但是他長期患病，登基六年就病逝了。王位的繼承成了棘手的問題。那羅延羅闍膝下留有一子室利・索里約太，但因年幼，無法繼承王位。於是，王公大臣們商議，延請國王的二弟室利羅闍繼承大統。這種看似合情合理的安排卻留下了王權爭鬥的隱患。

1475年，趁着室利羅闍親征收復西部省份的機會，長大成人的室利・索里約太發動了叛亂，力圖奪回王位。國王的弟弟、副王達摩羅闍得知消息後，立即派人向國王稟報。國王迅速率兵回防，一場叔侄之間的較量開始了。

這場內戰延續十年。但是，交戰的雙方誰也沒能贏得最後勝利，他們都成了暹羅人的俘虜。達摩羅闍是那個笑到最後的人。

1486年，達摩羅闍登上了王位，但這種引入外力干預內政的做法打開了潘多拉的魔盒。這不僅在高棉王族內部開了個不好的先例，而且給予周邊強鄰機會。從此，高棉的內政就難由高棉人自己做主了。

十六世紀初，國王斯雷索貢托將都城從扎多木城遷回巴山。他在這裏迎娶了一位名叫「索」的王妃。官員們將國王和王妃的名字組合在一起，給巴山重新命名為「斯雷索駐」，意為「國王和王妃的駐守之地」。久而久之，「斯雷索駐」便成了今天的斯雷桑托。國王遷都以後，金邊依然是戰略要地。他任命自己的弟弟安贊為副王，請他繼續戍守金邊。

王妃索有一個弟弟名叫甘恩，官拜王家侍臣總管和國民道德總管。1509 年，斯雷索貢托國王突然夢見自己被那伽龍王追咬，那伽龍王還張口咀嚼神聖的白色華蓋。這似乎是不祥的徵兆。夢醒之後，國王心神不寧，叫來占卜師卜算。占卜師告訴國王，夢境中的那伽龍王是現實中的甘恩。占卜師還警告國王，甘恩一定會惹出更大的事端。國王信以為真，擔心甘恩將來篡權奪位，便召集近臣秘密商議，除掉甘恩。王妃索偷聽到國王與大臣的談話，迅速寫信將消息透露給了自己的弟弟。

很快，國王安排一次例行巡遊，前往湖邊撒網捕魚。甘恩被安排在出遊的隊伍當中。到了湖邊，國王詐稱漁網在水裏被纏住，命令甘恩下湖解開漁網。甘恩將計就計，毫不猶豫地跳下了湖，趁機遁逃了。大臣們都以為計謀得逞，甘恩已經落入了事先設計好的陷阱，便將一張大網撒向他入水的地方，想將他溺死。甘恩逃離險境以後，隻身來到當時的巴普農省。他向巴普農的省長謊稱國王懷疑副王安贊在金邊有謀逆之心，而自己是奉國王之命到此召集部隊討伐安贊。發現甘恩逃離後，國王要挾甘恩的父親和姐姐王妃索寫信召他回城。甘恩收到信函，再次找到巴普農的省長，告訴他國王敦促盡快發兵。

安贊得知甘恩四處散佈謠言的消息以後，擔心眾口鑠金，國王會信以為真，便帶着全家老小逃到了暹羅。安贊出走的消息讓甘恩欣喜萬分。他立即召集軍隊，開始攻打巴山。國王御駕親征，卻鎩羽而歸。無奈之下，國王只得放棄巴山，退守金邊城。甘恩的部隊乘勝攻打金邊，國王再次退守洛韋城。最後連洛韋城也被甘恩攻破。1512 年，斯雷索貢托在百般無奈之下，只得將都城遷往金邊正北、洞里薩湖以西的班迭斯登賽城進行防守。甘恩施展計謀，安排官員詐降，混入城中。城破之時，國王還想率領殘部撤至菩薩省暫避，卻被詐降的官員一舉擒獲。從此，甘恩與斯雷索貢托的恩怨告一段落。甘恩回到巴山，自立為王。這一年，他才二十九歲。1514年開始，甘恩數次遷都，最後將都城安置在古老的巴普農城。

勝利後的甘恩生活平靜而閒適，他醉心於遊戲、狩獵、捕魚、音樂等各種娛樂，但這樣的日子沒過多久就被打破了。安贊避難暹羅之後，一直隨侍暹羅王左右，為他馴服野象。當他得知甘恩奪得王位，而自己的哥哥反被囚禁後，心急如焚。1514年，暹羅國王命令他前往暹羅東部的叢林裏狩獵大象。他便趁機向暹羅國王開出條件，索要五千名隨行兵士、糧草和武器。暹羅國王求象心切，答應了他的要求。安贊便率領着軍隊直接回到了柬埔寨。

一路上，安贊不停地招兵買馬。到馬德望省的時候，軍隊已經有了一萬人。當他們進入菩薩省時，該省省長立即向甘恩國王示警，與安贊形成對峙。接着，一名當地的起義軍領袖達卑殺死了省長，並投靠了安贊。安贊重用達卑，任命他為全軍統帥，他的四個兒子擔任副統帥。達卑不負重託，指揮安贊的部隊高歌猛進，在菩薩省與國王的軍隊展開決戰。大戰過後，安贊的部隊贏得了優勢。國王的士兵紛紛投降，很多大臣也開始轉投安贊的隊伍。但是，達卑卻在這場戰鬥中陣亡了。由於兩軍實力懸殊，人們很難相信達卑是憑藉人力取得的勝利。因此，當地人演繹出了一段傳說，將達卑描繪成在關鍵時刻使用妖法，犧牲性命請來「陰兵」助陣的法師。此戰過後，甘恩國王的敗局已定。1525年，安贊從馬來西亞購買了武器，軍隊的裝備得以升級。同年，巴山於三個月後終於被攻破，甘恩一敗塗地。又一場將近十年的內戰終於畫上句號。

戰勝甘恩以後，安贊找到了遺失多年的高棉王室三寶，即王劍、勝利之矛和五梵（王權的象徵）。於是，他舉行了登基大典。安贊起初將王國的都城定在菩薩省。隨後，又遷到洛韋城。他在那裏對王城進行了大規模的建設。於是，一座長 3,000 米、寬 2,000 米的長方形王城在這裏拔地而起。在王城的外圍，城牆、塹壕和一層 150 米寬的竹籬笆圍擋一應俱全。暹羅國王曾多次要求安贊進貢稱臣，都被他嚴詞拒絕。阿瑜陀耶的部隊很快入侵柬埔寨，吳哥省遭到威脅。安贊王親自領兵出戰，在吳哥河邊完敗暹羅軍。為了紀念這次勝利，人們將當時的戰場稱作「暹粒」，就是打敗暹羅人的意思。今天的暹粒省的名字便是由此而來，而如今的暹粒河就是當年的吳哥河。十六世紀中葉，緬甸東吁王朝崛起，阿瑜陀耶受到巨大的威脅。東吁王莽應龍多次率軍攻打阿瑜陀耶王城，暹羅人無暇旁顧，放鬆了對柬埔寨施壓。安贊王又利用暹羅的收縮，陸續奪回了尖竹汶等西部省份，守護了祖先的王權。

安贊王是高棉歷史上第一位接觸歐洲人的國王。1555 年，葡萄牙天主教修士加斯帕・達・克魯茲來到洛韋城傳教，安贊王熱情地接待了他。隨後，一些歐洲探險家也先後造訪柬埔寨。葡萄牙人迪奧戈・多・科托的遊記曾生動地描寫了安贊王發現吳哥寺的場景：「1550 年或 1551 年，高棉王后和她的隨從進入叢林獵象。隨從們追逐大象進入叢林深處。他們吃驚地發現了一座巨型建築。建築外雜草叢生，一時無法清理。他們將此事稟告安贊王。國王親自來到這裏，目睹了廣闊而高聳的城牆，便立刻命人清理雜草和樹枝。清理工作完成後，國王被眼前的景象驚呆了。他命人在這裏長期駐守下來。」

登上暹羅王座的納黎萱帶領阿瑜陀耶王朝走上了復興之路。緬甸東吁王朝在戰鬥中節節敗退，高棉民族的命運又隨之岌岌可危。1592年，東吁王朝的繼承人在與納黎萱的決鬥中戰死。從此，納黎萱的復仇便難以阻擋了。

進攻柬埔寨是復仇計劃中的第一步。1593年，納黎萱率領三路大軍進攻洛韋城。高棉軍隊節節敗退。國王薩塔一世帶着自己的兩個兒子逃到了瀾滄王國的萬象城，只留下王族室利・索里約波和他的兩個兒子在城裏繼續抵抗。納黎萱的部隊很快攻下了洛韋城，城池被洗劫一空。他們不僅抓走了室利・索里約波父子，還搶走了這座城市的象徵——神牛像和蓋烏像。

傳說神牛和蓋烏是洛韋城裏的一對兄弟守護神。神牛有神力，腹中藏着糧食、珍寶無數，通過反芻救濟世人。因此，神牛像的腹部常常被用來存放經書和其他典籍。法屬時期的高棉文人將神牛和蓋烏的傳說進行了改編，流傳了下來。

傳說，洛韋城裏生活着一對高棉夫婦。妻子在臨盆時不幸去世。去世時，妻子的腹部出現異象，一頭公牛和一個男孩同時被生產出來。他們就是神牛和蓋烏。村民們覺得此事太蹊蹺，是不祥之兆，便將這家人趕出村子。不久，兄弟倆的父親也去世了。神牛和蓋烏只能進入叢林，相依為命。神牛是神獸，能夠反芻胃中食物，養活自己和弟弟。

一個偶然的機會，高棉國王的小女兒邂逅蓋烏，並愛上他。可是，國王看不上貧窮的蓋烏。由於公主堅持要與他在一起，國王一氣之下，將自己的女兒趕出王宮。公主便與兄弟倆一起生活在叢林裏。暹羅國王聽說神牛擁有神力的消息，開始覬覦神牛，想抓住牠作為阿瑜陀耶王城的神獸。暹羅國王向高棉國王提出要求，舉行一場兩國之間的鬥獸大賽，如果暹羅輸了，就把阿瑜陀耶王城送給高棉統治，如果高棉輸了，暹羅國王就可拿下洛韋城。這場比賽的次序為第一場鬥雞，第二場鬥象，最後鬥牛。

前兩局，兩國打了平手。到了第三局決勝之時，高棉國王安排神牛出場。但是，神牛事先知道，暹羅派出的不是真牛，而是機器牛，是不可能戰勝的。於是，牠在賽前叮囑蓋烏和公主，讓他們聽到自己三聲嘶吼後，趕緊抓住自己的尾巴，一起逃走。比賽開始後，神牛如約嘶吼三聲，蓋烏夫婦按計劃抓住神牛的尾巴。神牛高高飛起，準備逃離，未承想暹羅國王早已佈下天羅地網。公主在逃離的時候精疲力竭，鬆手摔落，化成了一塊石頭。神牛和蓋烏也沒能逃離暹羅軍隊的追捕，被抓回暹羅王國，關押起來。

從此，高棉王國國力日益衰敗，而暹羅王國則日漸強盛起來。

1603年，暹羅人扶植被俘的室利・索里約波回到柬埔寨，登上王位。索里約波承認暹羅的宗主國地位，並開始在高棉的朝堂上採用暹羅的禮儀。1618年，索里約波退位。他將王位讓給了自己的兒子——桀驁不馴的吉・哲塔二世。這位高棉國王千方百計想要擺脫暹羅的控制。為此，他還將都城遷到了洛韋城旁邊的烏東城。吉・哲塔二世幾次三番地挫敗了暹羅的進攻，讓暹羅國王一時無計可施。高棉王國另一個強大的鄰國大越早有意插手高棉與暹羅的爭端。大越皇帝抓住機會，向高棉國王拋出橄欖枝，表示願意幫助高棉人抵禦暹羅的滋擾。從此，大越也加入這場蠶食高棉國土的紛爭。

為了鞏固與高棉的聯盟，大越南部的阮氏政權將一名公主嫁給了吉・哲塔二世。大越皇帝承諾，在暹羅侵犯柬埔寨的時候出兵援助。但是，這種援助不是無償的。此時的大越正值南北分治，南方的阮氏政權急於向南拓展勢力，與北方的鄭氏政權形成抗衡。於是，大越公主便向自己的丈夫提出請求，希望同意大越向高棉南部的一座城市裏移民。高棉國王答應了。但他並不知道，移民計劃的背後是實際佔領的企圖。這座移民城市是博雷諾哥。吉・哲塔二世的去世再次造成了高棉政局的動盪。他的三兒子安贊在馬來人和占婆人的支持下贏得宮廷戰爭。

暹羅和大越對高棉內部不同派別的援助，表面上是在幫助柬埔寨脫離附屬國地位，贏得獨立，實際上卻凸顯了其利益至上本質，即在獲得最大利益之前，無論是暹羅抑或大越，都不希望柬埔寨停止內戰。

此時，柬埔寨的西部和西南省份成了暹羅人的勢力範圍，東部和東南省份在大越的控制之下。高棉國王不停地與兩國簽訂各種條約，以求得到短暫的庇護和喘息。十九世紀初期，形勢對高棉王國更加不利。西邊暹羅曼谷王朝的興起帶給高棉王國更大的生存壓力。而東邊的大越國則在阮福映的帶領下實現統一。由三個國家形成的區域秩序看似就要這麼拉扯下去之時，歐洲人來了。高棉國王又看到了些許希望……

2. 法國對高棉王國的殖民統治

十九世紀上半葉，暹羅和越南在柬埔寨的競爭進入白熱化階段。1834年，高棉國王安贊二世去世。越南駐紮官翁堪芒奉明命帝阮福晈的命令，開始在柬埔寨物色新的國王。物色的標準中最重要的一條就是沒有與暹羅有過任何瓜葛。千挑萬選之後，安贊二世的二女兒安眉最符合要求。她成了柬埔寨歷史上的第二位女王。通過她，越南開始了對柬埔寨的全面改造。

這段時間裏，柬埔寨的每個地方都有了一個越南名字。柬埔寨的行政區劃被重新劃分為三十二個省和兩個市，行政隸屬歸越南南部交趾支那管轄。越南人在柬埔寨的每個省、市政府都派駐了官員。在一些地區，明命帝還要求柬埔寨僧人與越南僧人一樣，信奉大乘佛教。1840年，為了強化對柬埔寨的控制，明命帝專程安排了兩名官員管理柬埔寨的商業、稅收和土地丈量工作。

越南的管制在柬埔寨引發了民眾的不滿，在柬埔寨多地發生了抗越起義。柬埔寨的反越官員秘密派人前往暹羅，請求拉瑪三世幫忙，讓一直在暹羅避難的安眉女王的叔叔安東回國，取代王位。拉瑪三世欣然同意高棉使者的要求。1841年，暹羅派遣一支軍隊前往柬埔寨，開始重建在高棉的勢力。越南和暹羅在柬埔寨的領土上發生戰爭並持續了四年。最後，兩國達成折中方案，同意安東即位，但是柬埔寨要被置於兩國的共同保護之下。1847年，安東登基為王，暹羅和越南的代表分別以宗主國的身份向他授予王權。

1854 年，安東王對暹、越的行徑忍無可忍，決定尋求歐洲人的幫助。他首先安排了一位信奉天主教的高棉官員，帶着象牙等名貴禮物秘密前往新加坡拜會法國領事。高棉使者拜託法國領事將安東王的一封法文信轉交給法蘭西第二帝國皇帝拿破崙三世。1855 年，拿破崙三世回信命令法國駐上海領事蒙蒂尼與柬埔寨簽訂友好條約，並開展通商貿易。但是，舉止傲慢的蒙蒂尼完全沒有把安東王放在眼裏，柬法關係進展得十分緩慢。與此同時，法國即將與柬埔寨簽約的消息被暹羅國王知曉。他表示強烈抗議，簽約被擱置了。在寫給拿破崙三世的第二封信中，安東王試探性地重申了柬埔寨對越南佔領下的高棉地區和一些海島的領土主張。但是，這封信石沉大海。安東王暫時打消了請求法國保護的念頭。

安東王一直想有所作為。他希望利用有限的資源重建國家，重振經濟。他重修了首都烏東城，取消了越南人強加的行政制度，建立了一套高棉人自己的行政方案。此時，柬埔寨傳統海港博雷諾哥已經被越南實際控制，急需一個能夠對外通商的港口。安東王當機立斷，修建一條從烏東城到貢布的道路，將貢布作為王國新的海港。安東王還勤於布施，通過減輕賦稅讓百姓休養生息。他在全國發行錢幣，同時吸引中國人、印度人到柬埔寨經商。此外，安東王也是一位傑出的作家，十分注重文化教育。他設立專項基金，資助研習高棉文化的學者。1810 年到 1837 年，他出版過三部著名文學作品：《占婆唐》《伽給的故事》《女性道德》。

十九世紀六十年代，諾羅敦國王繼承王位。登基之初，國王的弟弟西伏塔便向王權提出挑戰，內鬥再度上演。西伏塔很快不敵，前往暹羅避禍，留下自己的兩個隨從指揮戰鬥。失去領袖的叛軍竟一鼓作氣攻下了金邊城和首都烏東城。國王的軍隊被迫退守馬德望省。諾羅敦見情況緊急，只得向暹羅的蒙固王求援，在法國駐曼谷領事的斡旋下，暹羅人從水路將諾羅敦國王送回貢布，並幫助他平定了叛亂。

十九世紀中葉開始，法國加快了中南半島地區殖民的步伐。1863年7月，法國駐紮官海軍少將杜達爾・德・拉格里拜見諾羅敦國王，提出由法國向柬埔寨提供保護的建議，並保證柬埔寨不會因此喪失獨立地位。諾羅敦國王非常猶豫，但最終還是在《法柬條約》上簽了字。從此，柬埔寨正式接受法國的「保護」。當然，這種「保護」是排他的。條約規定，柬埔寨未經法國允許，不能在領土上設立他國的領事機構。法國人有權在柬埔寨生活、經商、傳教，法國的商品可以免税進入柬埔寨市場……

暹羅對這份條約提出了抗議。法國、暹羅對柬埔寨的宗主權問題產生了嚴重分歧。由於當時加冕用的高棉王族聖物都由暹羅負責保管，蒙固王提出諾羅敦應該前往曼谷接受加冕的要求，諾羅敦只得動身前往曼谷。但是，法國人也很強硬，他們在諾羅敦啟程後佔領了烏東王宮，這位柬埔寨國王在前往曼谷的路上剛走了一半，又被迫返程。1864年6月3日，法、暹談妥一個折中方案，諾羅敦國王的加冕儀式在法國和暹羅代表的共同參與下舉行。

加冕儀式舉行以後，法國和暹羅就柬埔寨問題進行了長時間的談判。然而，柬埔寨是被排除在外的。1867年7月，法暹兩國達成協議，暹羅放棄對柬埔寨的全部宗主權。作為交換，法國承諾不將柬埔寨納入交趾支那管轄，同時割讓柬埔寨的馬德望、吳哥、詩梳風三個西部省份給暹羅。就這樣，未經當事國同意，柬埔寨的一大片領土就被強行劃走了。

經歷了加冕事件和割地事件的諾羅敦國王痛切地意識到，只有自強才能改變國家的被動

柬埔寨金邊王宮諾羅敦國王騎馬像。這尊像立於1875 年。造像中，諾羅敦國王仿效拿破崙三世，身着洋裝，駕馭戰馬，可見當年他希望學習西方的急切心情。

靈骨塔身下的石碑，由騎乘金翅鳥的毘濕奴守護。

舊王都烏東城中的莫尼旺國王靈骨塔，全塔呈金黃色。

局面。他先後前往香港、澳門、馬尼拉等城市訪問，考察這些城市的金融管理和社會保障體系。回國後，他多次向法國駐紮官提出改革要求，並發動了柬埔寨近代歷史上第一次革新。1877年1月，改革的措施正式出台。

這些措施包括：王族中的三個僅次於國王的封號「第二王」「副王」「善王」在受封人去世後不再使用，封號的下屬官職全部取消；適當提高王室成員的薪資，以保持其良好的生活狀態；結餘的王室經費將被轉用於社會公共事務支出。國王依然是土地的主人，但農民租用土地的時間會適當延長。

國王組建一個由五位大臣組成的諮詢委員會；委員會負責監控國家法律執行、研究國家改革舉措、審查政府間協議和各類經營活動；而且，這個委員會可以在沒有國王出席的情況下，對國事進行討論；國家的行政區劃按照委員的人數被分為五個大區；國家的省份由原來五十二個合併成五十個；行政官員領取定額薪俸，不允許參加任何商業活動；原先負責管理各省的「勳爵」封號統統撤銷，人民有權選舉基層負責人。

除了鴉片和酒，還取消所有商品的商品稅，同時取消博彩稅；降低糖、胡椒、蔞葉等一些農副產品的賦稅，減少人民向國家繳納的貢賦，允許人民使用金錢贖回貢獻國家的物品。

諾羅敦國王還籌建了柬埔寨歷史上第一個最高法院；司法人員與其他公職人員一樣領取定額薪資；法官不再直接接收罰金；如果司法人員受賄，將受到嚴厲懲罰；監獄的管理和服刑人員的生活條件將得到一定程度的改善；因欠債而終身為奴的人可以贖回自由；嚴令禁止販賣人口。

諾羅敦國王的改革計劃缺少對政治環境的準確評估。由於觸及王公貴族、大臣官員和債權人的既得利益，上層社會對措施的落實形成巨大阻力，改革收效甚微。更糟糕的是，法國人開始懷疑諾羅敦國王的改革動機，他們因此考慮要全面接管柬埔寨。1884年，法蘭西第三共和國首相茹費理決定對柬埔寨實行全面殖民。6月，法國的砲艦封鎖金邊的四面河。砲口瞄準金邊王宮，法國軍隊闖進諾羅敦國王的寢宮，逼他簽署了第二份《法柬條約》。這份條約完全剝奪了高棉國王的實際權力，強迫諾羅敦國王接受法國的全面「改革」。柬埔寨各部委、各省市的各級官員都必須在法國的監管之下。海關、稅務、公共事務等要害部門由法國直接管理。法國向柬埔寨各省和每一個有必要的部門派駐紮官和副駐紮官，他們只對最高駐紮官負責。最高駐紮官可以隨時與國王直接聯繫。而且，由此產生的一切行政支出，無論是高棉方面的，還是法國方面的，都由柬埔寨承擔。國王可以保留高棉宮廷禮儀和其他王室特權，但國王從此要領取定額薪俸，未經法國同意，國王不能向外界借款。柬埔寨的土地不再是國王的私有財產，法國政府和柬埔寨政府將實行土地私有制。首都金邊由一名法國官員全權負責。輔佐他的是一個由十三人組成的諮詢委員會。其中，法國人佔六席，其他國家佔四席，高棉人只佔三席。

三年後，法國組建法屬印度支那聯邦，將柬埔寨和越南東京、安南、交趾支那一起納入總督制的集權管理當中。國王身邊的法國最高駐紮官名義上是輔佐國王治理國事，實際上已經凌駕於國王之上。經濟上，法國大規模修建莊園，種植經濟作物，全面掌控了柬埔寨的金融、農林、漁業、交通、進出口貿易等經濟命脈。法國人並不看重柬埔寨的建設和發展，只把柬埔寨作為法國殖民者攫取原材料的基地和傾銷商品的市場。

橫行霸道的法國殖民者激起了柬埔寨人民的反抗。柬埔寨進步王室面臨國仇家恨，率領人民展開了艱苦的抗法鬥爭。其中規模最大的一次發生在1884年《法柬條約》簽署的第二年，諾羅敦國王的兄弟西瓦塔親王發動了一場持續整整十八個月的抗法鬥爭。然而，這些起義終究沒能阻擋法國殖民的步伐。為了扶植親法的國王，法國人甚至操控柬埔寨王位委員會，直接干預王位的繼承。1904年，諾羅敦國王去世後，法國扶植國王的弟弟西索瓦親王登上了王位，將國王的長子拋在一邊。

3. 王宮的初建和今天的金邊王宮

離開吳哥王城以後，蓬黑阿・亞特曾在金邊城修建過一個王宮，地點與現在的王宮不同。如今的王宮始建於1866年柬埔寨接受法國「保護」以後。王宮建成後，1867年諾羅敦國王便將都城從烏東遷到金邊。這是柬埔寨迄今為止的最後一次遷都。

金邊王宮的整體結構是中規中矩的四方形，長435米，寬421米。外圍由高牆保護，牆體上有明顯的分界標識。王宮初建之時以木質結構為主，水泥牆體是後來整修的結果。王宮的總設計師是諾羅敦國王頗為器重的一位高棉勳爵特・尼米・馬克，他將傳統的多台基、多塔的高棉風格融入王宮早期的每一棟建築當中。

王宮有五處大門，東、西、南三個方向各開一處，唯獨北面設了兩個大門。東門被稱為

柬埔寨金邊王宮南門

柬埔寨金邊王宮的外牆

勝利之門，通常只供國王和王后進出。大戰凱旋的將領也會被允許由東門進入王宮向國王稟告勝利的消息。如今，這座門也被用於接待來訪的外國元首和駐柬使節。

西門外曾經是執行死刑的地方。當年，這座門僅在白天開放，日落之後便門閂緊鎖。鎖門之後，即便有國王的命令，門也不會再打開。到了二十世紀五六十年代，柬埔寨憲法取消了死刑，西門也被永遠地關上了。

高棉王國的百姓覲見國王要走南門，但如果覲見的人太多，就將人群聚集在王宮外靠近四面河的廣場上。國王會從東門走出，與百姓相見。

北邊有兩座大門：一座靠近王家祭祀聖地索爾寺，這門專供僧侶進出，當年僧侶進出此門的目的是向國王請求赦免罪犯的死罪；另一座是王室葬禮的專用之門，王室成員死後，遺體通過這座門被送往王家火葬場——須彌聖地[15]。

王權殿位於王宮的北區，建於 1917 年。西索瓦國王（1904—1927 年在位）花了整整三年的時間完成全部的建設工程。這裏是柬埔寨王室最重要的門戶。由於殿內裝飾金碧輝煌，王權殿通常也被稱為「金殿」。在這座宮殿裏，高棉國王接受加冕，會見國內外重要賓客。適逢傳統節假日，國王也在這裏接見子民的代表。2016 年 10 月，中國國家主席習近平就在這裏與柬埔寨國王西哈莫尼商談國事。

宮殿大堂的深處是一座由九層白色華蓋庇護着的王權寶座。王權寶座用黃金、象牙和寶石裝飾而成，形制呈五層台基的須彌山結構。王座的中間代表着宇宙的中心和權力的核心，台基則象徵着圍繞須彌山的部洲和大洋。王座由象徵着無畏和忠誠的金翅鳥神像圍繞支撐。

這尊王座是高棉民族千年文明的象徵，每一位高棉國王一生只有一次機會坐上這個王座，就是在他接受加冕之時。

王座的左右各有一個房間。右側的房間用於宗教祭祀，預測年景。左側的房間則用於臨時存放王室成員的骨灰。骨灰在這裏存放過後，將按照二次葬的習俗，移至靈骨塔內供奉。安東、諾羅敦、西索瓦、西索瓦・莫尼旺和諾羅敦・蘇拉瑪里特等國王的骨灰都在這裏存放過。

王座的後面是象徵王后權力的金製亭閣。王后一生也只有一次機會坐上這座亭閣，那就是在她加冕王后之時。在王后亭閣的前面還擺放着六尊金像。這六尊金像從左向右分別為安東、諾羅敦、西索瓦、西索瓦・莫尼旺、諾羅敦・蘇拉瑪里特和西哈努克的母親哥沙曼王后。

1915年至1917年，西索瓦國王在王宮的北區修建了聖劍閣。這是一座規模不大的閣樓，一層主要陳列王室的貴重物品和傳統服裝；二層是祭祀的場所，婆羅門祭司遵照印度教儀軌在這裏祭祀濕婆、毘濕奴、犍尼薩等印度神祇。在陳列的物品當中，王劍、王冠、勝利之矛和一柄短劍是王室的重器。

王劍用純金打造而成，長1.1米，是國王的防身器物，由王室御用的婆羅門家族保管。這個婆羅門家族延續自吳哥時代，他們的祖先曾經擔任過執行「提婆羅闍」儀式的國師。傳說，這柄王劍是在公元初年因陀羅神為了庇佑最早的高棉王混填，請求濕婆和毘濕奴聯合打造的。法國學者喬治・格羅利耶則認為：「從這柄劍的裝飾來看，應該流傳自前吳哥時代。

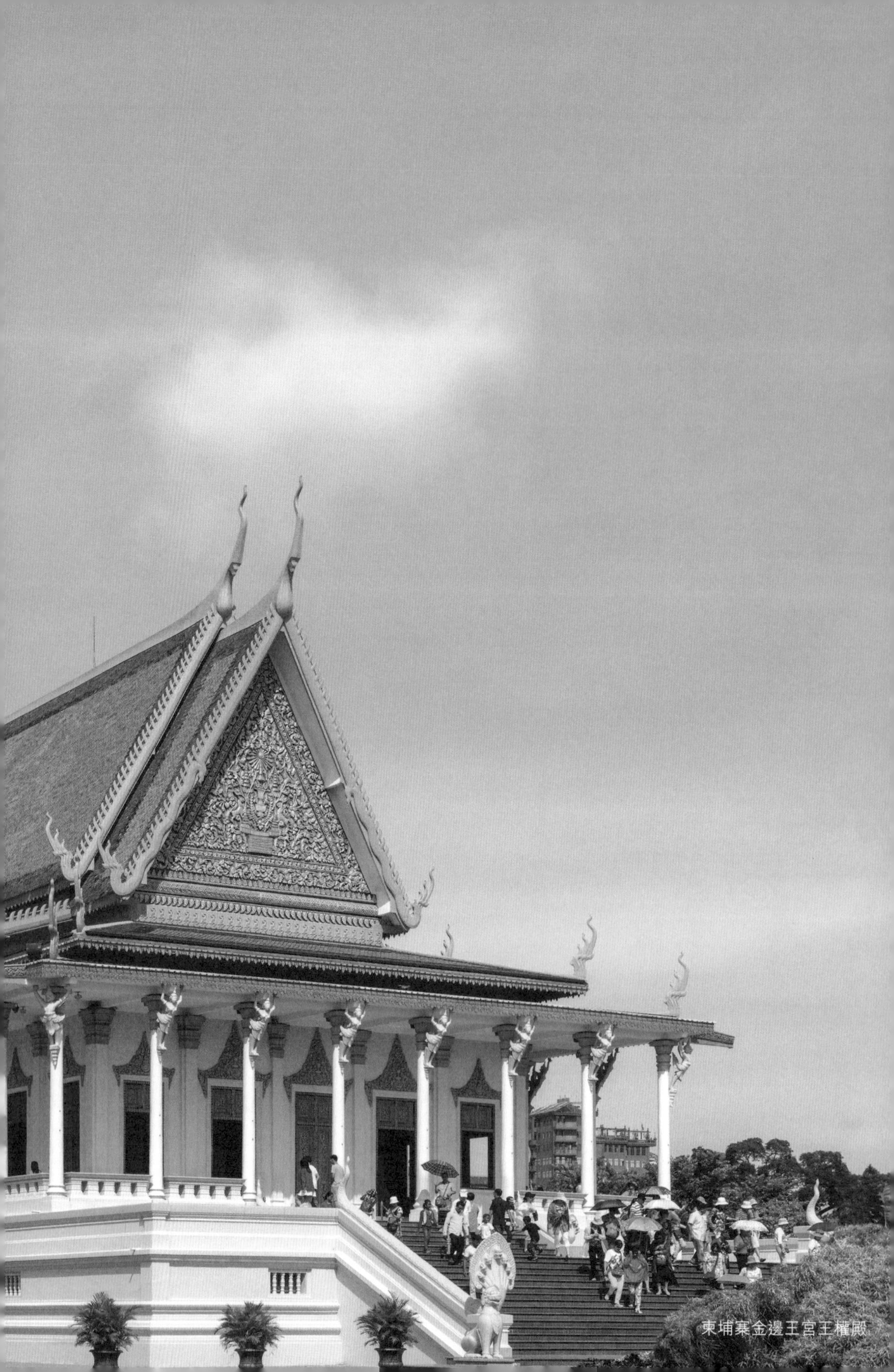

東埔寨金邊王宮王權殿

柬埔寨金邊王宮聖劍閣中展示的純金毘濕奴金翅鳥配飾

王家金壜。柬埔寨金邊王宮藏

曾用於1906年諾羅敦國王火葬儀式的金壜。金壜出自王宮御用工匠之手，最初由鍍金的木材和鐵製成，後鍍銀並重新修繕。之後，它曾用於1928年西索瓦國王火葬儀式、1941年莫尼旺國王火葬儀式和1960年蘇拉瑪里特國王火葬儀式。柬埔寨國家博物館藏如果說這柄王劍就是十三世紀末周達觀筆下的國王寶劍，我不會有任何懷疑。」但事實並非如此。有關這柄王劍的記載最早出現在十六世紀。後來，由於暹羅人的入侵，王劍在 1783 年被劫掠到暹羅，直到 1864 年才回歸柬埔寨。暹羅王拉瑪一世曾依照這柄王劍的式樣打造了一把仿品，用於宣誓暹羅的王權。1785 年，仿品首次被用於暹羅王的加冕儀式。

王冠的形制也延續自吳哥時代。通過觀察和比對吳哥寺院浮雕上的王冠造型，不難看出，如今的高棉王冠與當年的王冠極為相似。這尊王冠由重 10 千克的純金打造，鑲嵌各種寶石。圓錐狀的造型蘊含着高棉人對須彌山的想像。

勝利之矛是「甜黃瓜國王」博涅占的神矛。他憑藉着這柄矛獲得了王權，開創了如今柬埔寨的王族世系。這柄矛的材質與傳說完全符合，用純鐵打造而成。由於它的來歷特殊，是今天柬埔寨王國的王權象徵，所以這柄鐵矛通常與王劍並排陳列。

王家短劍傳說來自馬來西亞。一位高棉國王迎娶了一位馬來西亞公主為妻。公主將祖傳的短劍贈予這位高棉國王，從此流傳下來。短劍劍身僅長 30 厘米，是高棉人心中具有強大力量的護身符。

然而，令人遺憾的是，如今在聖劍閣裏展出的這些王室重器都是仿品，原物在 1970 年朗諾政變之後便全部不知所終了。

王宮北區還有一座歐洲建築風格的小白樓，看上去與金邊王宮的整體風格格格不入，這是因為小白樓是件舶來品，原先建在埃及。這座樓是 1869 年拿破崙三世在慶祝蘇伊士運河開通期間，為妻子歐仁妮・德・蒙提荷建造的。後來，拿破崙三世將這座小樓作為禮物送

柬埔寨金邊王宮玉佛殿

給了諾羅敦國王。為了方便從水路將樓體運輸到金邊王宮，這座樓曾被拆卸成塊，打包分裝。1876年，這座小樓完成組裝，成為王宮中的一道異域風景。如今，它主要用來展示高棉國王的照片、油畫像等。但因年久失修，小白樓長期處於整修狀態。

王宮南區最大的宮殿是玉佛殿，西方人常常稱之為「銀殿」。這是因為玉佛殿的地面是由5,329塊重1,125克的銀磚鋪就而成。宮殿的原名為「烏巴索・拉達那萊姆」。「烏巴索」指佛教八戒。高棉信眾在這裏聆聽僧侶誦經，入定冥想，求得平靜。這裏也是高棉王族和官員舉行各類佛教典禮的地方。典禮舉行之時，來自烏拉隆寺等金邊各大寺廟的高僧雲集玉佛殿，共襄盛舉。玉佛殿初建於1892年，最早是磚木結構。1962年在哥沙曼王后的指導下，西哈努克主持了重建工程。原殿被全部拆除，新殿按照原殿

柬埔寨金邊王宮壁畫。壁畫取材於高棉版本的《羅摩衍那》——《林給的故事》，上面的色彩正在消褪。

的樣式在原址上修建。為了讓新殿更加牢固，建築材料採用了水泥。新殿建成以後被重新命名為「玉佛殿」，這是因為新殿當中供奉着一尊翡翠玉佛。1956 年，這尊玉佛從斯里蘭卡被請到柬埔寨王宮，新殿建成後一直被供奉在殿內中央巨大的基座上。

在玉佛基座前，還有一尊金製彌勒佛像。1904 年，西索瓦國王按照王兄諾羅敦國王的遺願鑄造了這尊佛像。諾羅敦國王在彌留之際曾囑咐西索瓦國王，將存放自己骨灰的金壜熔化，鑄成一尊未來佛像。這尊佛像用 90 千克的純金製成，全身用 2,086 顆寶石作為裝飾。其中，最大的一顆寶石位於佛陀的頭冠上，重達 25 克拉。

除此之外，整座玉佛殿還是一個金屬造像的展示館。全殿共展出展品 1,650 件，其中大部份是各種材質的佛陀造像，以那伽坐佛陀像為最多。傳説，佛陀曾在目支鄰陀龍

柬埔寨金邊王宮壁畫，取材於高棉版本的《羅摩衍那》——《林給的故事》。

王池邊結跏趺坐冥想入定。忽然，冷風寒雨襲來，七天七夜不休不止，造成寒凍。但是，佛陀已經入定，不食不起。目支鄰陀龍王見狀，出池用自己的身體纏繞佛陀七圈，形成七層保護，同時化出七個龍頭，向下微垂，為佛陀遮風擋雨。

在王宮的南區還建有五座靈骨塔，分別安置着安東國王、諾羅敦國王、蘇拉瑪里特國王和哥沙曼王后、甘達帕花公主（西哈努克最疼愛的小女兒）和諾羅敦・西哈努克國王的骨灰金罎。騎着戰馬的造像是諾羅敦國王。這尊像立於 1875 年。造像中，諾羅敦國王仿效拿破崙三世，身着洋裝，駕馭戰馬，可見當年他希望學習西方的急切心情。

南區王宮牆面上的壁畫堪稱當今高棉繪畫藝術的精華。壁畫從東牆的南面開始，完整講述了《林給的故事》。《林給的故事》是《羅摩衍那》傳播到高棉以後的版本，也叫作《羅摩禮讚》。整幅壁畫於 1903 年至 1904 年繪製完成，全長 604 米，高 3.65 米。但是，由於繪製這些壁畫的材料是天然植物和礦物顏料，在炎熱的氣候和微生物的侵蝕下，色彩已經開始消褪。如今，王宮正在招募能工巧匠逐一編號進行補繪。

4. 覺醒的「小獅子」

西哈努克出生於1922年10月31日。他的父親諾羅敦・蘇拉瑪里特是諾羅敦國王之子，母親哥沙曼出身於西索瓦家族，是西索瓦・莫尼旺國王的掌上明珠。因而，西哈努克兼備了西索瓦和諾羅敦兩大王族的血統。西哈努克出生以後，他的祖父、當時柬埔寨著名的巴利文專家諾羅敦・蘇塔羅親王為他取名「西哈努克」。「西哈」是獅子的意思。在高棉文化中，獅子是王權的象徵。蘇塔羅親王寄望於西哈努克能夠變成高棉的「獅心王理查德」，成為高棉王國的最高統帥。

第二次世界大戰爆發以後，德軍佔領巴黎，法蘭西第三共和國覆滅，維希偽政府執掌法國。此時暹羅親日的首相鑾披汶・頌堪向法國提出索要柬埔寨馬德望、詩梳風和暹粒三省，以及一些老撾領土的要求。法暹兩國還因此爆發了小規模的衝突。1941年初，兩國戰爭升級，在暹羅灣展開海戰。日本為了爭取泰國的支持，實現入侵緬甸和馬來西亞的圖謀，主動將交戰雙方請到東京進行協商。最後，在日本的施壓下，法國不得不做出讓步。泰國得到柬埔寨6.5萬平方千米的土地，其中包括柬埔寨著名的產糧大省馬德望省、寶石產區拜林地區，以及暹粒省、磅通省（含柏威夏寺）、上丁省和菩薩省的一部份。自稱高棉王國的「保護人」法國的做法使高棉王國蒙受屈辱，當時在位的西索瓦・莫尼旺國王因此憤懣不已，鬱憤成疾，於1941年4月與世長辭。

誰來繼承王位？按照傳統，高棉王位的繼承人必須是安東國王的後裔，也就是說，必須

王宮波佳尼閣，亦名御宴廳。

在諾羅敦和西索瓦兩大家族中產生。而具體人選則要交由王位委員會投票選舉產生。這個委員會主要由當時的政府首相、法部派僧王、大部派僧王、婆羅門教大祭司組成。然而，法國人擁有最終的裁量權。此時的人選有兩位，一位是西索瓦家族莫尼旺國王的大兒子西索瓦・莫尼勒，另一位則是諾羅敦家族西哈努克的父親諾羅敦・蘇拉瑪里特。兩個家族為了王位互不相讓。法國人於是提出了一個折中的方案——讓年幼的諾羅敦・西哈努克擔任國王。因為他既擁有西索瓦家族血統，又擁有諾羅敦家族血統。同時，西哈努克只是一名在西貢（今胡志明市）就讀的沙士魯・羅巴中學的學生，在法國人看來，他比其他兩個候選人更容易被控制，也更具可塑性。在母親哥哥沙曼和宮廷占星師的安排下，西哈努克的加冕儀式被安排在

1941 年 10 月 31 日，他十九歲生日的那一天。

然而，法國人失望了。年輕的西哈努克剛剛登基就進行了適度的改革。他拒絕法國人贈送的鴉片，親自參加一些活躍的青年組織。1943 年，新任的法國最高駐紮官喬治・戈蒂耶決定在柬埔寨推行高棉文字羅馬化改革。戈蒂耶認為，高棉文字羅馬化將幫助這個國家實現現代化，也能幫助柬埔寨人提升邏輯思維能力。在一年的時間裏，法國人強行推動這項改革，但是收效甚微。西哈努克與眾多愛國僧侶一起，強烈反對和抵制這項改革。他為了向法國人施壓，甚至提出了退位。最終，在國王和人民的共同堅守下，羅馬化文字改革流產了。

1941 年 8 月，八千名日軍突然進駐柬埔寨。起初，日本並沒有直接控制柬埔寨，而是通過扶持柬埔寨國內的反法勢力間接地削弱法國的影響。一方面日本保留了大量在柬的法國管理機構和法國僱員，另一方面則對柬埔寨的反法運動提供支持。1942 年 7 月，金邊爆發大遊行。遊行的人群向法國當局請願，要求釋放高棉愛國僧侶韓鳩。這次遊行雖然得到了日本人的默許，但是結局卻非常慘痛。骨幹分子巴春被捕，韓鳩則在一年以後死在了法國的監獄裏。高棉人慘痛的遭遇換來了日本人的獲利。通過遊行，他們看中並扶植起一個「革命者」——山玉成。他既是一名反法骨幹，同時也是一名反對君主制的「民主人士」。

1945 年 3 月，日本對柬埔寨實行直接統治。日本軍隊徹底解除了法國駐柬部隊的武裝。為了與柬埔寨國王保持溝通，同時監控和「指導」國王的行為舉動，日本當局給西哈努克配備了一名「高級顧問」久保田。為了在政治上徹底清除法國在柬埔寨的殖民痕跡，日本當局要求西哈努克立即宣佈柬埔寨「獨立」，並廢除 1863 年和 1884 年簽訂的兩份《法柬條約》。

王國的名稱從法語的「Cambodge」改成高棉語的「Kampuchea」。這次「獨立」看似是日本在幫助柬埔寨，但西哈努克深知，日本人所許諾的民族獨立是不可信的。為了驗證自己的判斷，他給日本政府寫信，要求兩國互派大使。不出所料，這封信石沉大海。很快，日本當局要求西哈努克同意讓山玉成回國。在日本人的安排下，山玉成回到柬埔寨，並被委任為外交大臣。柬埔寨的外交部迅速成為親日分子的大本營。在山玉成的指揮下，大批勞工、農用機械、運輸機械和牲口被徵用來為日本軍隊服務。這些做法嚴重影響了柬埔寨農民的生計。西哈努克非常不滿，多次向久保田提出交涉。

1945 年 8 月，窮途末路的日本當局在柬埔寨自導自演了一場政變。親日分子闖入王宮，逼迫西哈努克簽署詔書放棄主持內閣會議的權力，改由首相代為主持，並解散原內閣，委任山玉成為新首相，由新首相重新組閣。但是，山玉成的如意算盤沒能得逞。隨着美國兩枚原子彈在廣島和長崎的爆炸，日本投降了。10 月，山玉成被重返柬埔寨的法國特遣隊逮捕，送到西貢監禁了起來，暫時退出了柬埔寨的政治舞台。

二戰的勝利使法國人重新燃起恢復殖民統治的希望之火。1945 年 10 月 5 日，法國空降兵部隊重新佔領了金邊，但迎接他們的是高棉人民的反抗。西哈努克與戴高樂就柬埔寨的獨立問題展開了談判。戴高樂政府試探性地提出同意柬埔寨「自治」，但西哈努克非常堅決——不要自治，要獨立。

「小獅子」覺醒了。

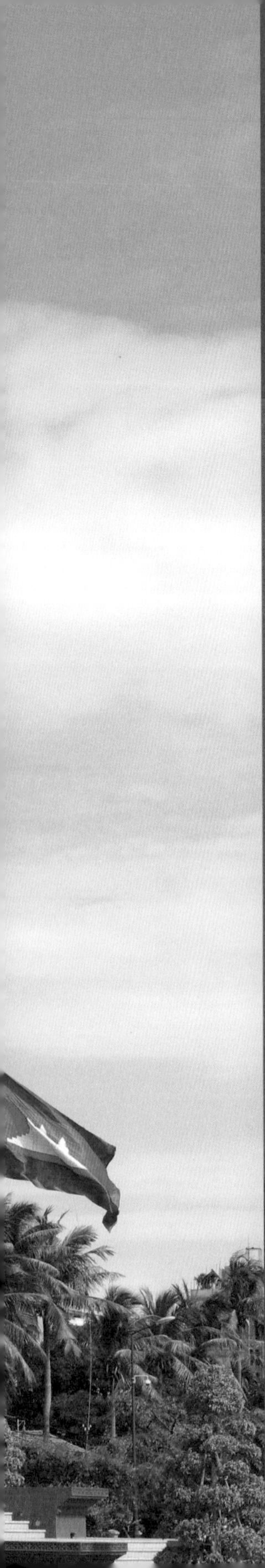

陸

浴火重生的國度

二戰至今

二戰中日本和德國的戰敗激發了高棉民族獨立的決心。西哈努克國王與重返中南半島的法國人展開了博弈，柬埔寨國內的民族解放運動也開始蓬勃發展。國際輿論漸漸傾向於柬埔寨一方，法國不得不向高棉民族讓渡手中的權力。西哈努克帶領人民通過一系列的努力，贏得了國家的獨立。他信心滿滿地擔任起國家元首，希望憑藉自己的努力帶領這個國家再創輝煌。然而，又一個巨大的陰謀將柬埔寨和西哈努克一起推向了懸崖邊緣。二十年的國內戰爭徹底改變了這個國家的發展軌跡。1993 年，柬埔寨第二王國成立，高棉民族才又一次迎來了文明復興的曙光。

1. 民主化和贏得獨立

法國重返中南半島後，面對柬埔寨人民高漲的獨立熱情，非常擔心「後院」起火。1946年初，法國與柬埔寨簽署了一個臨時協議，就柬埔寨獨立問題作出了少許讓步。協議約定，法國承認柬埔寨是法蘭西聯邦的一個自治國，承諾柬埔寨可制定憲法，並有權組建政黨；原駐柬埔寨各省的法國駐紮官改成法國顧問，高棉王國各省長擁有行政自主權。但法國人低估了高棉人的決心和對獨立的渴望。此時，法國人的每一點退讓都是高棉人的勝利，也都成為高棉人贏得下一個勝利的台階。但是，高棉人也面臨着一個艱巨的問題——未來國家的政治制度究竟如何？為此，柬埔寨的親王之間展開了爭論，紛紛將自己標榜為「民主」的捍衛者。

為了平息親王之間的爭執，西哈努克在參考法國式民主的基礎上於1946年5月頒佈了柬埔寨歷史上第一部選舉法。法令被嚴格規定在君主制度的框架下執行，國家所有的政黨都必須由高棉王室領導。於是，柬埔寨最早的三個政黨誕生了，它們是民主黨、自由黨和進步黨。民主黨由號稱「柬埔寨民主之父」的尤德旺親王領導。他長期在法國接受教育，妻子也是法國人，因此十分推崇法國式的自由民主。民主黨主要由大宗派[16]僧侶、知識分子和早期民族主義者組成。自由黨的領導人諾羅敦・諾利德親王是典型的王族保守派。他主張維持與法國的依附關係，但也主張讓人民接受教育。黨派成員主要由大地主、大商人等精英和既得利益階層組成。進步黨的領導人是諾羅敦・蒙塔那親王，也是政黨中的保守派。但由於進步黨的政治地位有限，黨員數量很快出現下滑，不久就退出了政治舞台。1946年9月，在柬埔寨的首屆王國議會選舉中，民主黨贏得了多數席位，於是，制定憲法的工作也提上了議事日程。翌年5月，柬埔寨歷史上的第一部憲法頒佈，史稱「1947年憲法」。這部憲法以法蘭西第四共和國憲法為藍本，規定了君主立憲和三權分立的框架性原則，既削弱了國王的權力，又讓民選的國民議會獲得了實際的立法權。同年12月，柬埔寨還舉行了歷史上第一次國民議會選舉。民主黨再一次贏得了大選。西哈努克對這部「1947年憲法」非常不滿意，他認為這部憲法是一部「笨拙的、不符合高棉人民需要的法蘭西第四共和國憲法的翻版」。

但年輕的西哈努克並不知道，柬埔寨的君主權力弱化將與民主化進程同時發生，正如柬埔寨的獨立也將同時伴隨着法國的撤出一樣。二戰結束以後，泰國迫切希望與日本劃清界線，以得到國際社會的諒解。因此，泰國很快歸還了1941年強佔的柬埔寨領土。但他們繼續支持柬泰邊境的「高棉伊沙拉」游擊隊，以「反法」的旗號進行報復。這些游擊隊將矛頭直指法國。法國人則對他們進行了殘酷的掃蕩。面對複雜的鬥爭局面，西哈努克寫信給法國駐柬最高顧問，要求高棉軍隊自主，表明「柬埔寨內部的事情由我們自己解決」。囿於前後不能兼顧的法國人只得再一次作出讓步。1949年至1951年，西哈努克陸續獲得了暹粒、磅通和馬德望三省的軍事自治權。

1949年11月，法柬簽署協議，柬埔寨獲得了外交上的「有限獨立」。這份協議後來被西哈努克稱為「50%的獨立」。隨着反抗運動的開展，法國人逐漸無法有效控制柬埔寨的大部份領土。西哈努克敏銳地覺察到，獨立的時機就要來臨了。1952年6月，他向人民鄭重承諾，將在三年內實現柬埔寨完全獨立。他曾一度將贏得國際支持的希望寄託於美國人身上，卻只換來模糊而傲慢的回應。1953年2月，他開始了爭取獨立的努力。西哈努克前往法國，向法國總統樊尚・奥里奧爾申訴，要求擴大柬埔寨的獨立範圍。法國人並未給予正面回覆。4月，西哈努克動身前往加拿大、美國進行游說。他一路上接受報社、電台的採訪，將柬埔寨的政治主張和困境公之於眾。於是，國際輿論一邊倒地開始指責法國，法國不得不表態將繼續作出讓步。

同年5月，西哈努克宣佈自我流亡到泰國曼谷，隨後轉移至暹粒軍事自治區。他一邊拒絕與金邊的法國官員做任何溝通，聲稱只有柬埔寨獲得了完全獨立才會回到金邊，一邊着手在軍事自治區組織武裝力量，準備與法國人展開直接對抗。面對印支戰爭的困局，法國人無意在柬埔寨開闢第二戰場。1953年8月，法國開始向柬埔寨移交權力。兩國簽署議定書，法國將司法權力和警察權力移交柬埔寨政府。10月，兩國再次簽署議定書，法國將軍事主權移交柬埔寨政府。柬埔寨從此脱離法蘭西聯邦。1954年，柬埔寨退出法郎貨幣區，開始使用自己的貨幣「瑞爾」。

1953年11月8日，西哈努克回到金邊，他受到了人民的熱烈迎接。翌日，駐柬法軍司令朗格拉將軍將軍事權力交還西哈努克國王，法國對柬埔寨九十年的殖民歷史宣告結束。自那時起，11月9日便被確定為柬埔寨的法定國家紀念日「獨立日」。1954年，法國陸續撤出剩餘的駐柬部隊，將財政、經濟、金融等各領域權力移交給柬埔寨政府。

2.「小獅子」治國理政

贏得獨立後，柬埔寨開始活躍於國際舞台上。1954 年，西哈努克派出外交和軍事兩個代表團參加日內瓦會議。但他並沒有親自出席會議，只是坐鎮法國與代表團商議對策。經過艱苦的談判，日內瓦會議終於達成決議，敦促法國完全撤出中南半島，尊重和認同柬埔寨的獨立和領土主權完整。通過這次會議，西哈努克從代表團成員的彙報中了解到一些關於中國總理周恩來的信息，對周恩來產生了極好的印象，也萌生與中國恢復交往的願望。

1955 年 4 月，西哈努克親自率團出席在印度尼西亞萬隆舉行的亞非會議。他與周恩來總理的直接交流從這裏開始。在回憶錄中，西哈努克寫道：「他那高超的智慧、淵博的學問和文雅的風度，一下子把我吸引住了。」周恩來總理在會議期間邀請柬埔寨代表團共進午餐，還邀請西哈努克到中國訪問。西哈努克早有此意，欣然答應，並向周恩來總理表達保持中立和堅守「一個中國」的立場。這次會面為兩國的傳統友誼、重建外交關係奠定了良好的基礎。

按照日內瓦協定，柬埔寨要在 1955 年舉行大選。剛剛獨立不久的柬埔寨，政局還不穩定，山玉成等一批所謂民主分子為爭奪權力四處詆毀西哈努克，反對西哈努克提出的關於保障婦女權利、建立省議會和罷免議員等憲法修正案。山玉成等人要求照搬西方模式，完全剝奪國王的實際權力，其實是為了將權力掌握在自己手中。柬埔寨剛剛獨立，百廢待興。美國扶持山玉成集團和民主黨建立親西方的政治體制就是為了在「冷戰」中形成泰國、越南、柬埔寨的中南半島陸路包圍圈，截擊和遏制共產主義的「滲透和擴張」。在「非敵即友」的「冷戰」思維下，柬埔寨很可能再次淪為西方勢力的傀儡，不僅會被捲入「冷戰」的漩渦，就連幾十年艱苦鬥爭的成果都有可能毀於一旦。然而，在「1947 年憲法」體制下，柬埔寨已經實行君主立憲制。國王不從政，也不能組建自己的政黨。面對錯綜複雜的國內外環境，西哈努克決定禪讓王位，投身政治，親自領導國家建設。這一年，他三十二歲。

西哈努克退位的過程也頗具戲劇性。1955 年 3 月 22 日，金邊廣播電台收到了一封信。西哈努克指示電台工作人員只能在當天中午打開信件，信中的錄音帶須在午間新聞時間向全國播放。一時間，西哈努克退位的消息使舉國嘩然，國內外紛紛揣測他退位的動機。好在王位的過渡非常順利，王位委員會推選西哈努克的父親諾羅敦・蘇拉瑪里特為國王。卸下了國王身份的西哈努克開始施展拳腳。同年 4 月，他成立「人民社會同盟」。這個組織的宗旨清晰地表達了西哈努克的施政願景，即建設一個真正民主、平等的社會主義柬埔寨，重新恢復王國以往的榮耀。人民社會同盟成立以後，成員數量猛增。包括朗諾的高棉復興黨、人民黨和國家社會黨在內的右翼政黨自動解散，轉而投向西哈努克陣營。在 9 月舉行的國民議會選舉當中，人民社會同盟眾望所歸，贏得了82%的選票和國民議會中全部 91 個議席。民主黨、人民黨、自由黨等都未能贏得席位。西哈努克當選首相，人民社會同盟成為國民議會中的絕對大黨。西哈努克的政府首腦生涯正式開始。

人民社會同盟牽頭組織了第一次國民大會，並做出一系列具有歷史性意義的決策。如給予婦女選舉權，規定國家機關只准使用高棉語作為工作語言，如果選區大多數選民提出要求，議員可以被撤換，等等。在 1970 年之前，國民大會這種政治形式一直是柬埔寨國家立法

獨立紀念碑。位於柬埔寨首都金邊城中心西哈努克大道、蘇拉瑪里特大道與諾羅敦大道的交匯處，為紀念柬埔寨擺脱法國殖民統治獲得獨立而建。獨立紀念碑修建於1958年，由柬埔寨著名設計師凡·莫尼旺主持建造。紀念碑共五層，大量參考吳哥時期的建築特色。全碑上下共建造了90尊那伽造像。2007年，金邊市政府曾對紀念碑進行過一次全面的修繕。

和決策的主要形式，幫助柬埔寨從一個君主專制國家發展到君主立憲國家，形成了最初的有指導的民主形式。

西哈努克主張民族、宗教、國王三位一體的治國理念，既要保持獨立、中立，又要堅持和平、開放。為了國家繁榮、民族振興，他願意團結一切可以團結的力量。此外，西哈努克還恢復高棉傳統的議事方式。人民定期與西哈努克和大臣們面對面對話，提出施政建議和意見，由主責大臣進行回應。他主張自由的市場競爭，但是考慮到柬埔寨薄弱的經濟底子，他要求關乎農業領域發展的事項完全由國家統籌管理。這些施政理念符合柬埔寨當時的國情，為柬埔寨在「冷戰」背景下爭取了寶貴的發展空間。在西哈努克的治理下，從1955年到1969年，柬埔寨的大米年產量翻番，國有工廠從無到有，建成28家。中學從1955年的12所增加到170所，大學從2所增加到將近50所。在這段時間裏，柬埔寨還建成40多個體育場，足球場、籃球場、游泳池等不計其數。這其中也包括今天仍在使用的金邊奧林匹克運動場。

與此同時，柬埔寨首都金邊在國家經濟強勢復甦的大趨勢下也迎來重要的發展機遇。二十世紀六十年代末，金邊已成為一個擁有六十萬人口的現代化城市。金邊的城市規劃井井有條，主要街道用高棉偉人或國際名人的名字命名，「毛澤東大道」就是其中之一。直至今日，這條道路依然是金邊城市中的主幹道之一。飛速的城市發展為金邊贏得了「東方小巴黎」的美譽。西哈努克憑藉睿智和勤奮贏得了空前的支持。在1958年和1962年的兩次國民議會大選中，人民社會同盟繼續保持壓倒性優勢。

1960年4月，西哈努克的父親、柬埔寨國王諾羅敦・蘇拉瑪里特晏駕，王位繼承又成為問題。此時，柬埔寨正處於發展的上升階段，如果西哈努克放棄首相職務繼承王位，很可能影響政策的連續性，有損發展的大好局面，也可能給西哈努克的政敵翻盤的機會，甚至導致政局動盪。但是，如果西哈努克不登王位，西索瓦、諾羅敦兩大家族勢必又要展開王位競爭，再次造成繼承危機。西哈努克一時處於兩難境地。經過再三權衡，柬埔寨王室和政府共同提出了對策：由柬埔寨王國議會和國民議會首先推舉西哈努克為國家元首，繼承老國王的職權，再由西哈努克的母親哥沙曼王后擔任國家王權和高棉王室的象徵。這樣一舉三得，既能夠讓西哈努克繼續名正言順地投身政治事業，又能夠解決當前的繼承危機，還維護了國內穩定的大局。更重要的是，西哈努克在柬埔寨成了兼備王權和政治權力的絕對核心。哥沙曼王后也正是因為有這樣一段經歷，她的金像才會與其他五位高棉國王一起擺放在金邊王宮的金殿當中。

在西哈努克治國理政時期，外交工作也是亮點之一。萬隆會議以後，西哈努克更加注重參與國際事務，贏得國際支持。在國際會議上，他堅持宣傳柬埔寨中立、不結盟的政治主張。1961 年，西哈努克在貝爾格萊德出席首屆不結盟國家峰會。他與埃及總統納賽爾、南斯拉夫總統鐵托和緬甸總理吳努等達成共識，不結盟國家聯合起來不依存於「冷戰」中的任何一方。同時，針對當時老撾國內的混亂局勢，西哈努克分別給中國、英國等國家寫信，倡議在日內瓦召開會議，討論老撾問題。他還推動十四個國家共同簽署了《關於老撾問題的日內瓦協議》。

擔任首相期間，西哈努克先後對泰國、緬甸、菲律賓、印度尼西亞、中國、蘇聯、美國、西班牙、奧地利、波蘭、法國等國家進行國事訪問。這些訪問為柬埔寨爭取到大量的國際援助。1956年2月，西哈努克首度訪華，重新開啟了中柬之間的交流。訪問中，他拜會了毛澤東主席、周恩來總理等中國黨和國家領導人，與中國發表聯合聲明，宣佈將繼續保持和增進兩國關係，尤其在經濟和文化領域。同時，兩國還簽署了首個《關於經濟援助的協定》。協定規定中國將在兩年內以物資援助和技術援助的方式，向柬埔寨無償提供約五千五百萬元人民幣的援助。援助範圍包括在農業水利、輕工業設備、交通運輸、社會事業、電力等方面提供設備和建築器材以及柬方所需要的商品和產品，同時派遣專門技術人員援柬等。從1956年開始直至1969年，中國的無償援助金額已經累計超過二億元人民幣。中國援助柬埔寨修建了一批紡織廠、水泥廠、造紙廠、醫院、機場、電台等。

1956年11月，周恩來總理出訪柬埔寨，這是二戰後中國領導人對柬埔寨的首次訪問。1958年7月19日，中國與柬埔寨正式建交。此後，兩國互信加深，領導人互訪不斷。1956年至1967年，中國國家領導人七次訪問柬埔寨，西哈努克六次訪問中國。在1963年的第十八屆聯合國大會上，西哈努克聯合阿爾巴尼亞等國家一起提出提案，要求恢復中華人民共和國在聯合國的合法席位。為了滿足日益增加的兩國交往需要，中國政府還於1961年在北京外國語學院（今北京外國語大學）開設柬埔寨語本科專業，專門培養柬埔寨語人才。

美國早在柬埔寨獨立之前就開始向柬埔寨提供援助。1950年，美國與柬埔寨建立公使級外交關係。柬埔寨正式獨立以後，美國將駐柬外交機構從公使館升級為大使館，期望通過外交援助等手段向柬政府施加強大的政治影響力。西哈努克清楚地知道，美國希望通過經濟和軍事援助把柬埔寨變成自己在東南亞的堡壘。這與西哈努克的中立、不結盟立場格格不入，但是美國的經濟和軍事援助對於剛剛獨立的柬埔寨而言又非常重要。於是，西哈努克一面用美援發展國家經濟和軍事實力，一面繼續堅持獨立中立的政治立場。這使得美國當局逐漸對他心存疑慮，尤其在 1958 年柬埔寨與中國建立外交關係之後，美國甚至提出要切斷援助。由於柬埔寨的不結盟立場影響到「冷戰」時期美國在中南半島地區的戰略利益，美國開始在柬埔寨國內培植親美勢力，一方面，通過南越政府和周邊國家向山玉成指揮的「自由高棉」組織提供資助，開展反政府活動；另一方面，美國在人民社會同盟內部扶植朗諾等親美勢力，動搖西哈努克的權威。

不可否認，美援對於當時的柬埔寨恢復經濟而言是起到了一定作用的。但是，美援也附加了極為苛刻的條件。西哈努克認為美國的援助實際上束縛了柬埔寨民族經濟的發展，並引發大量的貪污腐敗。由於柬埔寨政府無權支配美國的援助，柬埔寨社會形成了聽命於「美元」的買辦階級，直接影響到國家的經濟獨立。在充份評估中斷美援將面臨的困難後，1963 年 11 月經國民議會表決，柬埔寨停止接受美國的一切援助。兩年後，美國出動飛機轟炸柬越邊境鸚鵡嘴地區。西哈努克忍無可忍，宣佈與美國斷絕外交關係，柬美關係降至冰點。這時，人民社會同盟內部的親美勢力開始不斷膨脹。在 1966 年的國民議會選舉中，親美的朗諾當選為新任首相。

西哈努克對自己親政的這十五年十分自豪。他將高棉文化與國情相結合，順應國際潮流，開展國家建設。然而，在美國當局看來，西哈努克是美實施中南半島戰略的障礙。

3. 政變和戰亂

1970年3月18日，趁西哈努克出訪之際，柬埔寨國內的親美勢力策劃了一場政變，廢黜西哈努克政權。政變的主謀包括朗諾、西索瓦・施里瑪達和山玉成。

政變當天，叛軍武力威脅國民議會，以86票贊成，3票反對，通過了罷免西哈努克的決議。在隨後進行的選舉當中，原國民議會主席鄭興取代西哈努克出任國家「元首」。朗諾留任「首相」，西索瓦・施里瑪達出任「副首相」。

10月，朗諾宣佈廢除君主制，成立高棉共和國。

西哈努克得知政變的消息是在從莫斯科動身前往北京的路上，蘇聯總理柯西金向西哈努克透露了柬埔寨國民議會將他罷黜的消息，並表達了支持和同情。但是，出於對中國領導人的信任，西哈努克決定繼續前往北京尋求幫助。1970年3月19日中午，周恩來總理以迎接國家元首的規格在北京首都機場歡迎西哈努克的到來。隨後，西哈努克在北京發表《告高棉同胞書》，宣佈將組建新的王國民族團結政府，成立民族解放軍，組織柬埔寨民族統一陣線，開展反對朗諾集團、解放國家的鬥爭。這則聲明引起了柬埔寨民眾的共鳴。磅湛、貢布、茶膠、波羅勉、上丁、桔井等多個省份發生了聲援西哈努克的集會和遊行。國會中的左派議員喬森潘、胡榮、符寧等也發表聯合聲明支持西哈努克。除了中國和蘇聯支持西哈努克，朝鮮也撤回了駐柬大使，古巴、越南民主共和國以不同形式表達對西哈努克的支持。這一切堅定了西哈努克在北京展開救國鬥爭的信心。5月5日，柬埔寨王國民族團結政府在北京成立。周恩來總理為柬新政府精心挑選了北京友誼賓館作為辦公地點。

新成立的民族團結政府沿用君主立憲政體，由忠於西哈努克的班底和柬埔寨共產黨聯合組建。西哈努克任國家元首，賓努親王任首相，喬森潘任副首相兼國防大臣。英薩利作為柬共特使常駐北京。如此一來，形成了西哈努克主外、柬埔寨共產黨主內的合作局面。

柬埔寨人民武裝力量日益壯大，朗諾政權瀕臨崩潰。1971 年，人民武裝力量擊潰了朗諾政府軍組織的「真臘 1 號」「真臘 2 號」掃蕩行動。1973 年 2 月，西哈努克回國，親赴前線視察解放區。他在上丁、柏威夏和暹粒逗留一個多月，鼓舞軍隊的作戰士氣。1975 年初，人民武裝力量發起了向金邊的總攻。戰事很快推進到金邊市郊的波成東機場（這座機場今天已經被建設成柬埔寨最重要的航空樞紐：金邊國際機場）。

4 月初，朗諾辭去「總統」職務，逃往美國。施里瑪達留守金邊城，後被處決。4 月 12 日，美國大使迪安降下星條旗，關閉使館。美國扶植下的朗諾政權宣告終結。

柬埔寨全境解放後，一直在前線戰鬥的柬埔寨共產黨掌握了王國民族團結政府的主導權。1975 年末，當西哈努克返回金邊時，昔日的「東方小巴黎」早已人去樓空，四處都是殘垣斷壁。翌年年初，柬埔寨改國名為「民主柬埔寨」，並頒佈了新憲法。但是，新憲法中沒有明確君主制度和國家元首制度，西哈努克的元首地位突然無名也無實了。

新成立的民柬政府主要由柬埔寨共產黨的領導人組成。喬森潘任國家主席團主席，長期處於幕後的柬共總書記波爾布特此時浮出水面，擔任政府總理。原政府中的親西哈努克成員都不在新政府的名單當中，只有前首相賓努親王被象徵性地任命為國家主席團最高顧問。

1976年，西哈努克得知自己的好友周恩來總理病逝，一再要求前往中國弔唁，卻沒有獲得民柬政府的批准。同年4月，西哈努克心灰意冷，宣佈退休。民柬政府象徵性地授予他「偉大的愛國英雄」稱號。從此，西哈努克夫婦被軟禁在金邊長達三十三個月。

民主柬埔寨在國內施行了極左的政治經濟政策，給人民帶來了深重的災難。1978年底，越南軍隊入侵柬埔寨，柬埔寨再次面臨生死存亡的威脅。

面對越南的入侵，柬埔寨的抵抗力量很快形成了三支相互抗衡的武裝力量。除了民柬外，一支是由西哈努克任主席的「爭取柬埔寨獨立、中立、和平與合作民族團結陣線」。該陣線1981年成立於朝鮮平壤，是奉辛比克黨的前身。另外一支是宋雙領導的高棉人民民族解放陣線。宋雙曾在西哈努克時期擔任過財政大臣、外交大臣、首相等重要職務，朗諾政變以後一度被政府軟禁，後來移居法國。1979年8月回到柬泰邊境組織抗越鬥爭。他的武裝力量大部份是從「自由高棉」組織中分化而來的。為了實現三方聯合，喬森潘分別與宋雙和西哈努克進行會晤，並促成西哈努克與宋雙的碰面。1982年7月，西哈努克在柬埔寨解放區宣佈正式成立「民主柬埔寨聯合政府」，由西哈努克任主席，喬森潘任副主席兼管外交事務，宋雙任總理。柬埔寨出現了兩個政府對峙的局面。此時，國際社會一邊倒地譴責越南出兵柬埔寨的行為，第三十四屆聯合國大會通過的決議中明確要求越南從柬埔寨境內撤軍。

1988年7月，在西哈努克的建議下，民主柬埔寨聯合政府的三方與金邊政權代表洪森在雅加達舉行首次會晤。隨後，越南在1989年下半年從柬埔寨全部撤軍，聯合國加快了政治解決柬埔寨問題的步伐。第四十五屆聯合國大會通過的《全面政治解決柬埔寨問題的框架文件》成為有效解決柬埔寨衝突的基礎性文件。衝突四方依照這份文件組建全國最高委員會作為過渡時期唯一合法機構和權力來源。委員會由十二名代表組成，民主柬埔寨聯合政府三方各出兩名，金邊政權出六名，賀南洪、拉那烈、洪森、宋雙等都名列其中。1991 年 6 月 24 日，柬埔寨實現了無限期停火。西哈努克被推選為最高委員會主席。

4. 柬埔寨第二王國的誕生

柬埔寨獨立後，成立過兩個君主制王國。一個是從 1953 年到 1970 年朗諾政變以前的柬埔寨第一王國。此時，西哈努克、蘇拉瑪里特先後登基為王，哥沙曼王后在後期成為王室的象徵。另一個是從 1993 年成立至今的柬埔寨第二王國。西哈努克重新登上王位，並在 2004 年讓位於他的兒子諾羅敦・西哈莫尼。在柬埔寨重新確立君主制度的同時，「多黨自由民主」的總體原則也被寫進 1993 年憲法。

1991 年 10 月，在關於柬埔寨問題的巴黎國際會議上，柬埔寨全國最高委員會主席西哈努克與十二位委員、十九個國家的外長，共同簽署了《柬埔寨衝突全面解決協定》《柬埔寨恢復與重建宣言》等四份和平協定，全面解決柬埔寨的民族和解問題。按照協定，聯合國安理會成立了直接向聯合國秘書長負責的「聯合國駐柬過渡時期權力機構」，監督和確保柬埔寨選舉的公平、公正和自由。

翌年 2 月，聯合國安理會向柬埔寨派出 15,900 名維和士兵、3,600 名維和警察和 2,400

柬埔寨已故太皇諾羅敦 • 西哈努克的靈骨塔。

名文職人員，組成臨時權力機構。機構主席由時任聯合國副秘書長明石康擔任。在聯合國的組織和監督下，柬埔寨於 1993 年 5 月 23 日舉行了停戰以來的首次大選，共有 20 個政黨參加競選，爭奪 120 個國會席位。結果公佈以後，由拉那烈領銜的奉辛比克黨贏得了 58 個國會席位，位居第一。人民黨次之，贏得 51 席。宋雙領導的佛教自由民主黨贏得了 10 席，柬埔寨民族自由運動黨贏得了 1 席。

由於沒有任何一個政黨贏得超過三分之二的國會席位，首屆王國政府由奉辛比克黨和人民黨聯合組閣。拉那烈任首屆政府的第一首相，洪森任第二首相，宋雙任國會主席，人民黨主席謝辛任國會副主席。政府權力則由四個政黨共同分享。在國防部和內政部設聯合大臣，由奉辛比克黨和人民黨各派一名官員出任，管理國家的軍隊和警察。9 月，國會通過新憲法，重新確立君主立憲和多黨自由民主的政治制度。國家名稱正式確定為「柬埔寨王國」（即柬埔寨第二王國）。西哈努克再次登上王位。

柬埔寨第二王國政府成立至今，共舉行了五次大選。人民黨憑藉深厚的群眾基礎，穩居國會第一大黨的位置，而奉辛比克黨的支持率卻逐屆下滑，2013年全軍覆沒，取而代之的是由前奉辛比克黨主要成員、前財經大臣桑蘭西領導的桑蘭西黨。2012年，桑蘭西黨與金速卡領導的人權黨合併，組建救國黨。在2013年的大選中，救國黨贏得55個國會席位，成為柬埔寨的第一大反對黨，與贏得68席的人民黨平分秋色。

2004年10月，飽經風雨的西哈努克國王萌生了退位之念。由首相、佛教兩派的僧王，參議院第一、第二副主席和國會第一、第二副主席等九人組成王位委員會負責選舉新國王。最終，王位委員會尊重西哈努克的意願，推選諾羅敦・西哈莫尼王子為柬埔寨王國的新任國王。西哈努克成為太皇。

西哈莫尼出生於1953年5月，是西哈努克與莫尼列之子，在西哈努克的八個兒子當中排行第七。二十世紀六十年代，他在捷克斯洛伐克社會主義共和國（今捷克共和國）首都布拉格完成了中學學業，並於1975年畢業於布拉格表演藝術大學音樂舞蹈學院，回國後遭軟禁。1979年越南軍隊進入金邊城後，西哈莫尼旅居法國，在巴黎莫扎特音樂學院擔任古典舞蹈與藝術教授。他在二十世紀九十年代曾擔任柬埔寨駐聯合國教科文組織大使。西哈努克評價西哈莫尼是「一位廉潔的愛國者」，他「博學多才」，「立場中立、不干預政治、沒有黨派」。

西哈努克是中國人民半個多世紀的好朋友，對中國懷有深厚的感情。1965年，他譜寫了歌曲《懷念中國》，並親自演唱。這首歌曲成為傳承中柬友誼的經典之作。他的大半生與中國結緣，最後也在中國與世人告別。2012年10月15日，西哈努克在北京逝世，享年九十歲。

北京天安門廣場、新華門為西哈努克親王逝世降半旗誌哀。10月17日，時任中國國務委員戴秉國護送西哈努克的靈柩返回柬埔寨。隨後，柬埔寨舉行了隆重的迎靈儀式和遺體火化儀式，並於第二年將西哈努克太皇的骨灰安放在王宮新建的靈骨塔內。

隨着老一輩政治家的謝幕，一批新生代的柬埔寨政治家凸現出來。最具代表性的是洪森。1952年，洪森出生在磅湛省。小時候的名字叫洪本納，1972年以後改為洪森。2004年，洪森曾短暫使用「雲升」的中文譯名。1970年朗諾政變以後，洪森響應西哈努克號召，棄筆從戎，離開學校走進叢林，開始軍旅生涯。在部隊生活中，他結識了妻子文拉妮。金邊政權建立後，年僅二十七歲的洪森成為最年輕的外交部部長。1985年，三十三歲的洪森出任總理，從此開啟擔任主要領導人的政治生涯。柬埔寨王國成立以後，洪森擔任首相職務。

在二十世紀八十年代，洪森就在黨內提出進行經濟改革的主張和設想，希望通過改革恢復和穩定社會經濟，解決人民貧困問題。為此，他出版《柬埔寨十年——柬埔寨人民重建家園的艱辛記錄》一書，發表自己的政治經濟主張。1998年大選之後，洪森成為唯一首相，人民黨議員佔據國會122席中的64席，成為名副其實的第一大黨。洪森抓住時機，提出「三角戰略」的施政綱領，將實現柬埔寨國內安定和民族和解，融入地區和世界一體化進程和發展經濟、擺脱貧困作為第二王國重點發展的三個方面。2003年大選以後，洪森又結合國家發展實際，在「三角戰略」的基礎上進行戰略升級，提出「四角戰略」的施政綱領，將提高農業生產力、恢復和重建基礎設施、發展私人經濟和增加就業、培訓人才和發展人力資源作為戰略佈局的四個主要方面。在「三角戰略」的基礎上，「四角戰略」新增自然資源開發、貿易發展、信息產業和水利建設等四項重點建設內容。「四角戰略」是一項需要分階段落實的長期戰略，每一個階段有不同的發展側重。截至2017年，「四角戰略」已經進入第三個落實階段。

2005年至2007年，柬埔寨國內生產總值保持平均11.4%的高增長率，被譽為「東盟經濟增長最迅速的國家」，世界銀行稱柬埔寨是東南亞「崛起的新秀」。從2011年開始，柬埔寨國內生產總值依然保持了7%左右的高增長。在2016年柬埔寨傳統新年賀詞中，洪森表示，柬埔寨的「年人均收入已經從2014年的1,136美元增長至2015年的1,238美元。貧困程度已經從2007年的47.8%下降至2014年的14%」。與此相比，十年前的柬埔寨，年人均收入僅有不到600美元。

1993年至2004年的十二年，柬埔寨接待外國遊客總量為100萬人次。三年後，這個數字就翻了一番，達到200萬人次。2015年，柬埔寨共接待外國遊客477.52萬人次。其中，中國遊客69.5萬人。除了吳哥景區，柬埔寨政府還繼續開發西哈努克港、北部和東北部山區的旅遊資源，吸引更多的國外遊客前來觀光。此外，柬埔寨還積極參與各類區域、全球合作機制，吸引大量外國投資。2017年，柬埔寨全年吸引外資達52億美元。

歷經千年、悠遠古老的高棉文明，以其璀璨的文化和不屈的民族精神，在當今的時代煥發出新的生機。彷彿吳哥王國中頭戴金冠、雙手合十的仙女一般，從澎湃的全球大潮中脫穎而出，重塑屬於自己的榮光。

茶膠寺。寺院位於東巴萊以西、周薩神殿以東，由羅貞陀羅跋摩之子闍耶跋摩五世興建，在蘇利耶跋摩一世時期復建完工。茶膠寺是中國援助修復的第二座吳哥寺院。

註釋

1. 由旬：古印度長度單位，梵語 yojana 的音譯，又作逾闍那、逾繕那、瑜膳那、俞旬、由延。一由旬相當於古代帝王一日行軍之路程。《大唐西域記》載：「夫數量之稱謂逾繕那（舊日由旬。又日逾闍那又日由延。皆訛略也）逾繕那者。自古聖王一日軍行也。」

2. Reap 這個詞也出現在柬埔寨省份名字「暹粒」當中。暹粒的英文對音為 Siem Reap。其中 Siem 是暹羅，也就是泰國人的意思，Reap 則為平定的意思。由於暹粒省在近代曾成為柬泰爭奪的熱土，幾經易手。因此柬埔寨人認為暹粒是平定暹羅的意思，而泰國人認為暹粒是暹羅平定的意思，雙方各執一詞。

3. 景龍為唐中宗李顯的年號，為707至710年，僅有四年，此處記載景龍五年應為景龍四年，即710年。

4. 凱拉什山為西藏自治區西南部的岡仁波齊峰。

5. 變身寺亦譯成比粒寺、勃利祿等，這裏沿用最為普及的稱法。

6. 那羅延是毘濕奴神的稱號之一，意為水中行動者。

7. 聖劍寺亦譯波列坎寺、布列坎寺。

8. 1054年李朝建立至1802年阮福映在法國的支持下滅西山朝，建立阮朝，越南一直沿用「大越」的國號。1803年，阮福映遣使至中國，請求改國號為「南越」。最終，清朝嘉慶皇帝下賜國號「越南」，並冊封阮福映為「越南國王」。「大越」的國號就此改為「越南」。

9. 佛誓又名毘闍耶城，統治中心位於今天的越南平定省南部闍盤遺址。

10. 以上故事摘編自李穎著《「翻攪乳海」：吳哥寺中的神與王》附錄一。

11. 素可泰的第一任國王是暹羅史上的第一拍鑾坤邦克朗刀。因陀羅迭多是他任部族首領之時，吳哥王闍耶跋摩七世賜予他的封號。

12. 亦有一說是由於當時的吳哥王達摩索卡死於圍城期間，城中出現兩名高棉官員和兩名僧人變節，導致了王城陷落。

13. 四面河為上湄公河、洞里薩河在金邊交匯之處。由於兩支河流在交滙的同時也分流為下湄公河和百色河繼續向南流去，故形成四個分支，被稱作四面河。

14. 波列焦是老撾語裏國王的意思，高棉語也常借用這個詞指稱國王。

15. 2012年諾羅敦・西哈努克國王去世的時候，王家火葬場（須彌聖地）被設在柬埔寨國家博物館對面的廣場上。王家火葬場只服務於曾經的國王和僧王。

16. 柬埔寨的上座部佛教分兩個派別：大宗派和法宗派。大宗派主要植根於基層，與高棉普通信眾聯繫廣泛；法宗派植根於上層，與高棉精英聯繫密切。

參考文獻

[1] 諾羅敦・西哈努克・西哈努克回憶錄：我同中央情報局的鬥爭[M]・W・G・貝卻敵，整理，王俊銘，譯・北京：商務印書館，1979。
[2] D・G・E・霍爾・東南亞史[M]・中山大學東南亞歷史研究所，譯・北京：商務印書館，1982。
[3] 陳顯泗，等・中國古籍中的柬埔寨史料[M]・鄭州：河南人民出版社，1985。
[4] 晨光，等・西哈努克回憶錄：甜蜜與辛酸的回憶[M]・哈爾濱：黑龍江人民出版社，1987。
[5] 陳顯泗・柬埔寨兩千年史[M]・鄭州：中州古籍出版社，1990。
[6] 周達觀・真臘風土記校註[M]・夏鼐，校註・北京：中華書局，2000。
[7] 韋羅尼卡・艾恩斯・印度神話[M]・孫士海，王鏞，譯・北京：經濟日報出版社，2001。
[8] 李晨陽，等・列國志：柬埔寨[M]・北京：社會科學文獻出版社，2005。
[9] G・賽代斯・東南亞的印度化國家[M]・蔡華，楊保筠，譯・北京：商務印書館，2008。
[10] 邢和平・洪森時代[M]・金邊：柬埔寨 Lucky Star 出版公司，2008。
[11] 楊保筠・中國文化在東南亞[M]・鄭州：大像出版社，2009。
[12] 賀聖達・東南亞文化發展史[M]・昆明：雲南人民出版社，2010。
[13] 馬克斯・韋伯・印度的宗教：印度教與佛教[M]・康樂，簡惠美，譯・桂林：廣西師範大學出版社，2010。
[14] 邱永輝・印度教概論[M]・北京：社會科學文獻出版社，2012。
[15] 姜永仁，傅增有，等・東南亞宗教與社會[M]・北京：國際文化出版公司，2012。
[16] 米爾頓・奧斯本・東南亞史[M]・郭繼光，譯，北京：商務印書館，2012。
[17] 安東尼・瑞德・東南亞的貿易時代：1450—1680 年[M]・吳小安，孫來臣，譯・北京：商務印書館，2013。

[18] 朱明忠・印度教[M]・福州：福建教育出版社，2013。
[19] 羅楊・他邦的文明[M]・北京：北京聯合出版公司，2016。
[20] 李穎・「翻攪乳海」：吳哥寺中的神與王[M]・北京：中國社會科學出版社，2016。
[21] 翁桑松・柬埔寨王族編年史[M]・金邊：柬埔寨王宮印刷，1972。
[22] 李添丁・真臘風土記[M]・金邊：摩訶諾特印刷廠，1973。
[23] 德朗耶・高棉文明[M]・金邊：烏鴉西市場，1975。
[24] 洪森・柬埔寨 130 年[M]・邢和平，譯・新加坡：勝利出版私人有限公司，1999。
[25] 洪森・柬埔寨十年：柬埔寨人民重建家園的艱辛記錄[M]・邢和平，譯・台北：順德文化事業股份有限公司，2001。
[26] 金皓迪・高棉文學總覽[M]・金邊：高棉文明研究資料中心，2003。
[27] 梅奔・高棉傳統和習俗[M]・金邊：吳哥出版社，2007。
[28] 德朗耶・高棉歷史[M]・金邊：柬埔寨教育、青年與體育部出版發行，2009。
[29] 海瓦納・柬埔寨碑銘集：第一冊、第二冊[M]・金邊：吳哥出版社，2011。
[30] 翁索鐵拉・後吳哥世代的柬埔寨碑銘[M]・金邊：諾哥瓦特出版社，2012。
[31] 柬埔寨國家博物館館藏代表作介紹[M]・香港：Orientations，2012。
[32] 米歇爾・特拉內特・文化文明：高棉文明的基石：第一卷、第二卷[M]・金邊：高棉國際媒體集團（KIMG），2013。
[33] 博薩羅・梵語、高棉語、法語對照辭典[M]・金邊：吳哥出版社，2013。
[34] 米歇爾・特拉內特・柬埔寨王國史：扶南、真臘和吳哥時期高棉與中華的聯盟[M]・金邊：柬埔寨文化與藝術部，2015。
[35] Pym, Christopher. The Ancient Civilization of Angkor [M]. New York: New American Library, 1968.
[36] David Chandler. A History of Cambodia [M]. Thailand: Silkworm Books, 2000.
[37] Pich Keo. Khmer Art in Stone [M]. Cambodia: JSRC Printing House, 2004.

[38] Preah Borom Reach Veang Chatomuk Mongkul The Royal Palace [M]. Phnom Penh: Reaksmey Angkor Printing House, 2004.
[39] W. J. Johnson. A Dictionary of Hinduism[M]. Oxford: Oxford University Press, 2009.
[40] 季羨林・中國蠶絲輸入印度問題的初步研究[J]・歷史研究，1955（04）。
[41] 黃盛璋・文單國：老撾歷史地理新探[J]・歷史研究，1962（05）。
[42] 趙和曼・古代的中柬貿易[J]・學術論壇，1981（03）。
[43] 晏明・真臘風土記柬文本及其譯者李添丁[J]・東南亞縱橫，1982（03）。
[44] 周中堅・中柬友好關係史上的第三次高潮：明代中柬關係略述[J]・東南亞縱橫，1982（02）。
[45] 趙和曼・《吳時外國傳》考釋[J]・東南亞縱橫，1983（04）。
[46] 周中堅・歷史上中柬交往的港口[J]・東南亞，1988（C1）。
[47] 許肇琳・究不事與柬埔寨辨[J]・東南亞縱橫，1992（03）。
[48] 克洛德・雅克・「扶南」「真臘」辯[J]・楊保筠，譯・東南亞縱橫，1994（01）。
[49] 梁志明，鄭翠英・論東南亞古代銅鼓文化及其在東南亞文化發展史上的意義[J]・東南亞研究，2001（05）。
[50] 許永璋・朱應、康泰南海諸國之行考論[J]・史學月刊，2004（12）。
[51] 梁志明・東南亞的青銅時代文化與古代銅鼓綜述[J]・南洋問題研究，2007（04）。
[52] 黎道綱・參半國不在文單西北辨：論參半在尖竹汶[J]・東南亞研究，2008（06）。
[53] 戴問天・絲綢之路的由來及其他：與楊鐮商榷[J]・博覽群書，2010（01）。
[54] 羅楊・柬埔寨華人的土地和祖靈信仰：從「關係主義」人類學視角的考察[J]・華僑華人歷史研究，2013（01）。
[55] 吳杰偉・東南亞印度教神廟的分類及特點[J]・南洋問題研究，2013（04）。
[56] 牛軍凱・武景碑與東南亞古史研究[J]・世界歷史，2014（06）。
[57] 周長山・「海上絲綢之路」概念之產生與流變[J]・廣西地方志，2014（03）。

柬埔寨地名中英文對照

神牛寺／Preah Ko
巴孔寺／Prasat Bakong
巴肯寺／Prasat Bakheng
荳蔻寺／Prasat Kravan
高蓋寺／Prasat Koh Ker
通寺／Prasat Thom
東梅奔寺／Prasat East Mebon
變身寺／Prasat Pre Roup
女王宮／Banteay Srei
西梅奔寺／Prasat West Mebon
空中宮殿／Prasat Phimeanakas
柏威夏寺／Prasat Presh Vihear
茶膠寺／Ta Keo
巴芳寺／Prasat Baphuon
巴南寺／Prasat Banan
崩密列／Beng Mealea
吳哥寺／Angkor Wat
托瑪儂神廟／Thommanon
周薩神寺／Prasat Chau Say Tevoda
班提色瑪寺／Banteay Samre
達布隆寺／Ta Prohm
聖劍寺／Prasat Preah Khan
班迭格黛寺／Prasat Banteay Kdei
茶膠省達布隆寺／Ta Prohm, Takeo
尼奔寺／Prasat Neak Pean
塔遜寺／Prasat Ta Som
巴戎寺／Prasat Bayon
癲王台／Terrace of the leper King
鬥象台／Terrace of the Elephants
吳哥王城／Angkor Thom
王家浴池／Sras Srang
羅洛遺址／Roluos
因陀羅湖／Indratataka
吳哥遺址／Angkor Region
東巴萊湖／Eastern Baray
西巴萊湖／Western Baray
闍耶湖／Jayatataka
洞里薩湖／Tonle Sap
暹粒河／Siem Reap River
羅洛河／Roluos River
暹粒市／Siem Reap

編後記

從 2015 年開始啟動本項目，到 2018 年完成編輯出版工作，時間跨越了三年。其間，我們的工作團隊多次來到柬埔寨，在一座座古老的文化遺址駐足停留，拍攝記錄，探尋高棉民族那些遠去的輝煌歲月。

那些偉大的燦爛輝煌，不僅是高棉民族的驕傲，東南亞的驕傲，也是亞洲的驕傲，人類的驕傲。

順着山勢陡峭的巴肯山拾級而上，巴肯寺坐落在山頂。這是一座古代王家寺廟，耶輸跋摩一世把對山的崇拜，對山雄壯偉岸的追求寄託在這裏，那同時也象徵着未來的吳哥王朝欣欣向榮，壯大強盛。從巴肯山眺望，可以俯視吳哥王朝最重要的建築，作為帝都，吳哥王朝在這裏興盛了幾百年。

吳哥寺是吳哥王朝國勢鼎盛時期的代表作，這是世界建築的一大奇蹟。台灣學者蔣勳著文說：「從西面走向吳哥寺，所有人都被空間的偉大震撼了。……如此空無一人的筆直大道，彷彿透視上的兩條尋找焦點的線，把參拜者的視覺，一直遏引到最遠的端景。端景是巍峨聳立的寺塔，象徵君王與神合而為一的須彌山，是宇宙的初始，也是宇宙的終極，是時間的永恆，也是空間的無限。」我們由此可以設想這座建築賦予的空間力量，是為了表達君王與神、宇宙是緊密聯繫在一起的。

巴戎寺塔上那一百多座四面佛，簇擁着雕像「高棉的微笑」，它靜謐而神秘，那是高棉民族無時不在的美麗容顏，包含着愛恨，超越了生死，歷經漫長的風雨歲月，把笑容一代一代傳遞給了後世。「高棉的微笑」到底給了我們甚麼啟示呢？

巴戎寺兩層迴廊的浮雕以絕美的藝術形式把我們帶進了吳哥與占婆的戰爭場面：第一層讓我們看到古代寺院的建設和民眾的真實生活；第二層的浮雕生動展現了天界的場景與神話，讓我們看到高棉祖先與神明的力量。

就這樣，我們帶着期望，一步步探尋古老的吳哥王朝那偉大的靈魂，來到世界文化遺產吳哥寺、柏威夏寺、三波坡雷古建築群；來到了荼膠省的達布隆寺、馬德望的巴南寺，以及荔枝山、崩密列、高蓋古建築群、神牛寺、巴孔寺；來到吳哥王城的巴戎寺、達布隆寺、聖劍寺、塔遜寺、巴肯寺、巴芳寺、空中宮殿、荳蔻寺、班迭格黛寺，還有別具特色的女王宮，等等。

在柬埔寨國家博物館、磅通博物館、馬德望博物館，一件件敘述着古老歷史的精美藝術品給我們驚喜，使我們震撼。

我們怎樣在這一部書中運用東方話語向世界展現柬埔寨古老的輝煌？敘述吳哥王朝那偉大的靈魂？怎樣在嚴謹的學術研究架構下，用通俗生動的語言講述他們的故事？

柬埔寨的國歌這樣來歌頌他們的王國，歌頌高棉民族的偉大和他們古老的輝煌：

上蒼保佑我們的國王，並賜予他幸福和榮光，把我們的靈魂和命運來主宰。祖先的基業代代相傳，引領自豪古老的王國。廟宇在林中沉浸夢鄉，回憶吳哥時代的輝煌，高棉民族如磐石般堅固頑強。柬埔寨的命運我相信，我們的王國久經考驗。佛塔上傳來悠揚頌曲，獻給光榮神聖的佛教，讓我們忠誠於我祖先的信仰。上蒼不吝嗇他的恩澤，賜予古老高棉的河山。

國歌《王國》的歌詞讓我們明白柬埔寨人民對自己神聖的國家、偉大祖先有着怎樣的崇敬，同時讓我們一樣心生敬意。

2015 年 8 月圖書項目團隊第一次赴柬埔寨采風拍攝。在采風期間，柬埔寨文化部國務秘書桑姆朗・高珊閣下（H.E. Samraing Kamsan）受柬埔寨王國洪森首相夫人文拉妮的委託，攜遺產司司長、國際交流司司長等六位文化部官員接見了編輯采風攝影團隊，對我們準備編輯出版本書表示了極大的關切。他說：「你們做這件事得益的是我們呀！我們一直希望尋找到我們祖先的魂！他們為甚麼有那麼輝煌的過去？你們為我們做這樣一件事，真是太好了。希望我們的專家也能參與到你們的項目之中，一起來做一件促進中柬文化交流的大事！」

柬埔寨文化部國務秘書委託國際交流司的司長與我們對接，為我們這一項目提供盡可能的支持和幫助。我們於是得到了拍攝文化遺址和博物館的支持：到位於暹粒市的世界文化遺產吳哥遺址、位於柏威夏市的世界文化遺產柏威夏寺和三波坡雷古建築群等文化遺址拍攝。桑姆朗・高珊先生指派柬埔寨國家博物館館長全力配合我們拍攝柬埔寨國家博物館的文物，使這項工作得以非常順利地進行，為此書積累了許多極為珍貴的圖片。

2017 年 1 月，圖書項目團隊再次赴柬拍攝，再次得到柬埔寨文化部國務秘書桑姆朗・高珊先生的接見。他指定了遺產司司長、柬埔寨國家博物館館長作為我們的學術顧問，並就我們提出的四項議題進行交流。

國務秘書對我們拍攝的圖片非常滿意，他說：「這是一本國際化的書籍，文化部的重要任務就是要將我們的文化在世界的舞台上展現出來。我們文化部也有責任讓更多的中國遊客了解柬埔寨，到柬埔寨旅遊。我們的合作可以納入中柬文化交流的範疇中。我們文化部義不容辭，有義務來幫助你們完成這本書。」本書作者是北京外國語大學亞非學院副院長、柬埔寨研究中心主任顧佳贇。本書以時間為序，充份運用史料和最新學術研究成果，將柬埔寨獨特的歷史演變細細梳理，既是一部鮮活的柬埔寨國家文明史，也是生動的中柬友誼交流史。

本書的出版（簡體字版，2018），正值中柬兩國建交六十週年大慶。我們謹以本書為賀，祝願中柬友誼源遠流長！

為了本書的出版，特別感謝：中山大學歷史學系牛軍凱教授關於武景碑歷史和內容的釋讀；北京外國語大學亞非學院李穎博士關於部份吳哥古建築及浮雕內涵的解讀；柬埔寨皇家科學院國家語言學院院長、國家語言委員會委員朱吉利閣下（H.E. Chour Keary）給予柬埔寨歷史文化方面的指導和柬埔寨語版目錄等內容的修改建議；柬埔寨前文化與藝術大臣、現著名柬埔寨文化專家米歇爾・特拉內特閣下（H.E. Michel Tranet）關於柬埔寨文明若干問題的指導。

李元君

2021年9月修訂

www.cosmosbooks.com.hk

書　名　尋謎吳哥窟：圖說柬埔寨文明
主　編　李元君
著　述　顧佳贇
攝　影　連　旭
責任編輯　林苑鶯
美術編輯　郭志民
出　版　天地圖書有限公司
香港黃竹坑道46號新興工業大廈11樓（總寫字樓）
電話：2528 3671　傳真：2865 2609
香港灣仔莊士敦道30號地庫（門市部）
電話：2865 0708　傳真：2861 1541
印　刷　亨泰印刷有限公司
柴灣利眾街27號德景工業大廈10字樓
電話：2896 3687　傳真：2558 1902
發　行　香港聯合書刊物流有限公司
香港新界荃灣德士古道220-248號荃灣工業中心16樓
電話：2150 2100　傳真：2407 3062
出版日期　2021年9月／初版

ISBN：978-988-8550-04-3